KB123592

로크미디어가
유혹하는
재미있는 세상

바인더북

바인더북 16

2015년 4월 20일 초판 1쇄 인쇄
2015년 4월 23일 초판 1쇄 발행

지은이 산초
발행인 이종주

기획 팀 이주현 이기헌
책임 편집 이정규

발행처 (주)로크미디어
출판등록 2003년 3월 24일
주소 서울시 용산구 원효로97길 46 5층
Tel (02)3273-5135 **Fax** (02)3273-5134
홈페이지 rokmedia.com **E-mail** rokmedia@empas.com

BINDER BOOK

BOOK

바인더북

16

| 산초 퓨전 장편소설 |

contents

BIПDER
BOOK

일상 I

탕탕탕!

고막을 얼얼하게 만드는 총성이 연거푸 울렸다.

한데 분명이 적중이 되었음에도 상대는 끄덕도 하지 않는 모습이다.

"어헉! 초, 총도 소용이 없다니!"

한마디로 괴물이다.

보지도 듣지도 못한 괴물이 벼락같이 들이닥쳤다.

"으흐흑!"

생애 처음 당하는 엄청난 공포에 자지러지는 비명이 절로 튀어나왔다.

"으으……. 으아아아—!"

괴물의 쇄도에 발악 같은 비명을 뱉어 내면서도 연달아 발사를 해 댔지만 여전히 소용이 없다.

"크아아앙-!"

포효를 내지른 괴물이 아가리를 쩍 벌리고는 집채만 한 바위와 함께 온몸을 내리누르듯 덮쳐왔다.

"아아아악-!"

벌떡!

지독한 악몽을 꾼 혼토가 자지러지는 비명을 지르더니 반신불수가 되다시피 해 늘어져 있던 몸을 벌떡 일으켰다.

"헉! 헉! 헉!"

가슴팍의 기복이 확연히 드러나도록 헐떡거리는 혼토의 전신은 땀으로 흥건히 젖어 있었다. 미라처럼 온몸을 칭칭 감고 있는 붕대는 말할 것도 없었다.

모습으로 보아 고통이 심할 법도 하건만 통증을 느낄 새가 없었는지 인상을 찡그리지는 않았다.

벌컥!

"우에하라!"

때마침 병실 문을 열고 들어오던 사토 요시오가 혼토의 모습을 보고 놀란 얼굴로 다가섰다.

"우에하라, 왜 그래?"

"하악! 학! 요, 요시오?"

바인더북

"응, 그래. 나야, 진정해. 어휴. 이 땀 좀 봐."

손이 닿는 곳에 놓아둔 수건으로 연신 땀을 닦아 내는 사토다.

"그, 근데 여긴⋯⋯?"

"병원이야."

"병원?"

"그렇다니까."

"내, 내가 왜 여길⋯⋯?"

"왜라니? 기억 안 나?"

"기⋯⋯억?"

혹시라도 기억상실증인가 싶어서 사토가 이마를 살짝 찌푸리더니 돌아섰다.

"이런! 안 되겠다, 의사를 불러올게."

"자, 잠깐!"

몸을 돌려 나가려는 사토를 제지한 혼토가 재빨리 말을 이었다.

"아, 악몽을 꿨을 뿐이니까 그대로 있어."

'으으으⋯⋯.'

전신이 욱신거리고 고통이 아우성을 쳐 대지만 한가하게 아프다고 할 수 없어 이를 악물고 참았다.

"악몽을 꿨다고?"

"그, 그래. 그러니 그냥 옆에 있어 줘."

"아, 알았어."

잠시 혼몽했던 정신을 추스른 혼토가 병실을 둘러보았다.

자신 외에는 아무도 없는 병실은 1인실인 듯했다. 유리창 밖으로 보이는 풍경도 낯설 수밖에 없다.

혼토는 그제야 자신이 어떤 일로 인해 병실에 누워 있는지를 깨닫고는 멍해졌다.

'니미럴…….'

당장 떠오르는 건 2백억 엔이란 돈이었다.

노무라증권이 보증을 서고 아오즈라뱅크가 자신에게 대출해 준 거금.

그 돈을 고스란히 강탈당한 것이다.

'아참! 사채업자들은?'

퍼뜩 떠오른 생각에 얼른 물었다.

"사채업자들은 어찌 됐어?"

"강도 놈들이 그들이라고 내버려 뒀겠어?"

"저, 전부 털렸다고?"

"총알도 통하지 않는 놈들이었다면서?"

"잘 모르겠다. 과연 그런 사람이 있는지는…….''

혼토는 그것이 사실이라 인정하고 싶지 않았다.

"나도 믿기지 않지만 한두 명이 본 것이 아니라서 말이야. 이 사실은 나만 알고 있어. 애들이야 네 명령이 없으면 입을 다물 테고."

바인더북

"모두 헛소리들이다. 그러니 너도 잊어버려."

내심의 두려움을 애써 잊으려는 듯 도리질이 세찬 혼토다.

두려움을 극복해야만 정신 무장도 더 단단해지는 것이지만 혼토는 그럴 수가 없었다. 아니, 못 했다.

이유는 담용의 무한한 피지컬을 극복할 자신이 없어서다.

"나도 애들이 너무 놀란 나머지 헛것을 봤을 것이라 여겨. 어쨌든 사채업자들도 다 털린 건 맞아."

'쓰벌……'

절로 욕이 튀어나왔다.

사채업자들의 돈마저 전부 빼앗긴 상태라면 재기는 물 건너가 버렸다.

당장 눈앞에 걸린 것만 2백억 엔, 즉 졸지에 약 2천억 원을 변제해야 하는 처지가 되어 버렸다.

그 돈을 회수하지 못하고 영원히 잃는다면, 파산까지는 아니더라도 치명적일 수밖에 없다.

'단 한 푼도 써 보지 못한 돈, 아니 만져 보지도 못한 돈을 강탈당하다니.'

분노가 치밀고 억장이 무너져야 정상인데, 그 정도가 너무 지나쳐서 그런지 화도 나지 않았다.

문득 뜬금없이 옆에 앉은 사토 요시오도 멀어질 것이라 여겨졌다. 조직에서 결코 좌시하지 않을 것을 감안하면 당연한 수순이지만, 그래도 몸으로 대화한 사이라 놓치기 아까운 여자다.

'염병할……'

한국으로 올 때만 해도 뭐든 자신만만했다. 아울러 지대한 공을 세움과 동시에 엄청난 부富를 쌓아 당당하게 귀국하리라 마음먹었었다.

특히 부에 관해서는 혼토 자신이 늘 지니고 있는 좌우명 같은 마음가짐이 있었다.

'1+1은 2가 아니다.'란 말이 그것이다.

사람들이 흔히 말하는 1+1은 2다. 하지만 가진 자들의 경우는 반드시 2로 귀결되지만은 않는다.

이 말은 10도 100도 될 수 있다는 의미다.

특히나 작금의 IMF 상황하의 한국이라면 더더욱 그렇다. 이는 가진 자들이 대개 재테크에 능하다는 데서 오는 플러스 알파적인 자신감에 기인한 것이다.

물론 당장 눈앞에서 10이나 100이 되는 것은 아니지만, 그 결과가 2를 훨씬 초월한 숫자인 것만은 분명했다.

다시 말해 여느 때처럼 잠깐의 어려운 상황이 지나면 조만간 1+1이 10이나 100과 같은 실제의 숫자로 나타나는 것이다.

그런데 그런 일확천금의 기회를 놓치고 빚까지 져 버렸다.

'후우–!'

암담하기 짝이 없다. 비참한 결과만큼이나 대가도 결코 작지 않을 것이다. 한숨이 나오지 않으면 이상한 상황이다.

그러나 당면한 결과는 돌이킬 수 없으며 원점으로 돌아가지도 않는다.

'끙.'

속으로 끌탕을 한 혼토가 물었다.

"여긴 어느 병원이지?"

"수원에 있는 AJ병원이야."

"수원?"

"현장에서 얼마 떨어지지 않은 곳이야."

"그렇군. 내가 여기에 얼마나 있었지?"

"사흘."

"뭐? 3일 동안이나?"

"그래."

"제기랄……."

3일이면 많은 것이 변하고도 남을 시간이라 더 암울해지는 혼토다.

"애들은?"

"치료가 더 필요한 애들을 제외하고는 모두 대기 중이야."

"피해가 막심하겠군."

"……."

사토가 말이 없다는 것은 불문가지란 얘기다. 그도 그럴 것이, 악몽에서처럼 총알도 통하지 않는 인간과 붙었다. 사지가 멀쩡한 부하들이 몇 명이나 될까?

아마도 전력의 반 이상은 본토로 돌려보내야 할지도 모른다.

당장 자신도 운신이 어려운 지경이니 사정이야 불을 보듯 빤하지 않은가.

문득 드는 생각이 있어 입을 뗐다.

"혹시 본토에서……."

"지금 이 상황에서 그 말을 꼭 들어야겠어?"

'젠장, 뭔 일이 있군.'

용수철이 튀듯 대뜸 반발해 오는 사토의 말투만 들어도 반가운 소식일 것 같지 않았다.

하지만 내용을 알아야 조치를 할 것 아닌가?

하기야 3일이나 지났다면 많은 것이 바뀌었을 수 있으니 듣더라도 말짱 헛짓거리일지도 모른다.

"난 괜찮으니까 말해 봐."

"그렇게 원한다면야……. 히메마사 님이 오셨어."

"뭐라고? 히, 히메마사 님이 오셨다고?"

해연히 놀란 혼토의 얼굴이 대번에 핼쑥해졌다.

히메마사란 이름이 가져다준 충격이 그만큼 컸다는 의미다.

"지, 지금 고베의 히, 히메마사 아이로 오야붕을 말하는 거야?"

"거기밖에 더 있어?"

"으으음."

충격이 적지 않았던지 혼토의 입에서 앓는 신음이 흘러나왔다.

'이거야, 히메마사 님까지 나섰다니…….'

고베 본부에서 중진급의 오야붕을 직접 파견했다는 얘기는 전위대에만 맡기고 기다리고 있을 수 없단 말이나 다름없다. 이는 곧 혼토의 무능함을 직접 행동함으로써 질책하는 것이기도 했다.

히메마사 아이로는 혼토의 오야붕인 아오키와 사토의 아버지인 스즈키 오야붕의 바로 턱 아래 계급으로, 모리구치구미 본부에 있는 인물이다.

이 말은 대오야붕의 직속 부하란 소리다. 즉, 맡고 있는 지역만 있었다면 아오키나 스즈키와 동급이란 얘기였으니 혼토로서는 감히 쳐다보지도 못하는 대선배인 것이다.

'썩을……. 갈 데까지 갔군.'

사그라지는 불꽃처럼 심신이 점점 꺼져 가는 혼토의 귀로 사토의 말이 이어졌다.

"아키라도 같이 왔어."

"엉? 아, 아키라도?"

"왜 그리 놀래? 너도 아키라가 올 것이라 짐작하고 있었잖아?"

"그, 그래, 네가 연락을 했다고 그랬지."

사토 요시오가 여수에서 당한 뒤 제 아비인 스즈키 오야붕에게 부탁했었던 것을 잊지 않고 있던 터였다.

마침내 세간에서 까마득히 잊혔던 닌자 가문까지 전면에 나서게 된 셈이다. 아키라가 바로 무라카미 가문이 배출한 닌자인 것이다. 그것도 제 아비를 포함한 달랑 두 명이 전부였다.

"아키라는 네가 정신을 못 차리고 있을 때 왔다 갔어."

"크크큭, 그 녀석이 꽤나 실망했겠군."

"그런 표정은 짓지 않았어."

'훗! 닌자란 놈이 표정을 드러낸다면 거짓말일 테지.'

"히메마사 님은?"

절레절레.

"하긴……."

까마득한 '쫄다구'인 데다 일도 엉망으로 해 놓은 자신인데 예쁜 구석이 어디 있다고 방문할까.

"나에 대한…… 조치는?"

"아직 말이 없네."

"너도?"

"응."

"넌 히메마사 님을 수행해야 하지 않나?"

"난 네 곁에 있으라고 했어."

"엉? 히메마사 님이?"

"그래, 네 곁에서 떠나지 말라고 하시면서 나중에 지침을 내리겠대. 그러니 빨리 낫기나 해."

'으음, 당장 추방시키지는 않는 건가?'

"하면 누가 수행하고 있지?"

"하세가와 상과 모리시타 상이……."

하세가와야 그렇다고 쳐도 모리시타는 조금 낯선 이름이었다.

"모리시타? 누구지?"

기억을 더듬느라 고개를 갸우뚱하는 혼토를 본 사토가 말했다.

"고베 본부의 모리시타를 몰라? 재경팀의……."

"재경팀?"

그렇게 말해 놓고 보니 아릿한 기억 속에 이지적인 눈빛을 지닌 늘씬한 미녀가 눈에 어른거렸다.

"지랄하네. 된통 당하더니 머리가 어찌 된 거야, 뭐야?"

"아아, 모리시타! 모리시타 세이카를 말하는 거야?"

"그렇다니까."

"끄응, 대오야붕께서 수족 중 한 명을 보내시다니……."

이는 그만큼 한국 진출을 중요시 여긴다는 증거였고 아울러 끝장을 보겠다는 뜻이기도 했다.

"모리시타는 금융 전문가야. 도쿄대학 경제학부를 나온

재원이기도 하고."

"흠, 그만큼 자금이 불어나 급해졌다는 얘기지."

"맞아. 제로금리는 둘째 치고 은행에서 보관료를 내라고 할 판이니, 투자할 곳을 빨리 찾아야만 하는 처지야."

"빌어먹을. 그런 다급한 판국에 초만 치고 있었으니…… 면목이 없다."

"히메마사 님이 당장 내치지 않는 걸 보면 기회를 주시려나 봐."

"그럴 리가……."

"이유는 충분해, 그분은 수하가 없잖아."

"아!"

사토의 말에 새삼 온몸의 세포가 화들짝 놀라 일시에 깨어나는 듯한 기분인 혼토다.

"호홋, 알았으면 몸이나 빨리 추슬러, 복수는 언제든지 할 수 있으니까."

"그, 그래야지."

"대신 네가 꼭 해야 할 일이 있어."

"뭔데?"

"히메마사 님이 몸을 추스르는 대로 노무라증권의 부채를 해결하라고 하시더군."

"그거야……."

"네 자금으로 직접 하라고 하시더라."

"그, 그래야지."

2백억 엔에 한해서는 그 사유가 아무리 타당하다 하더라도 본부의 재가를 받지 않고 행한 독자적인 일이라 당연히 변상을 해야 했다.

아직은 그 정도의 능력이 있음을 다행으로 여긴 혼토는 새삼 사토가 고마웠다.

하지만 속으로 삭인 그는 정색하고 물었다.

"놈들의 정체에 대해서는……?"

"전혀."

짤막하게 대답한 사토가 어깨를 으쓱해 보이고는 말을 이었다.

"그렇다고 진전되는 것이 전혀 없진 않아."

"엉? 꼬투리를 잡았다고?"

"아직은 좀 모호하긴 한데, 한영기 부장검사의 협조를 받은 하세가와 상이 도로공사의 감시 카메라를 살핀 결과, 우릴 노렸을 법한 차량을 발견했다더군."

"어? 정말?"

"근데 너무 흐릿해서 정밀 감식을 해 봐야 한다고 해서 기다리는 중이야."

"놈들이 한두 명이 아닐 텐데, 다른 차량은?"

살래살래.

"아쉽게도……."

"이봐, 그럴 리가 없잖아? 트럭만 백 대가 넘는다고."

"그렇지만 감시 카메라에 드러나는 차량이 없는 걸 어떡해?"

"이런! 내가 직접 가서 확인해 봐야겠어, 으으윽."

침상에서 내려오려던 혼토가 상처 부위에서 통증이 왔는지 오만상을 지었다.

"혼토, 지금 뭘 어쩌자는 거야?"

"너는 조센징들이 건성으로 일하고 있다는 생각이 안 들어?"

"그럴 수도 있겠지만 현장은…… 감시 카메라가 없는 곳이었어."

"비, 빌어먹을……."

맥이 탁 빠지는 혼토의 뇌리로 치밀한 계획하에 이루어진 강탈이었단 생각이 새삼 들었다.

하기야 추적당할 것을 빤히 알면서 노골적으로 강탈할 리가 있겠는가?

자금이 무려 1조에 달하는 거액이다.

방대하고도 치밀한 계획이 아니라면 시도할 엄두도 내지 못할 탈취 행각이다. 눈에 보인 모든 차량은 가짜가 아니면 도난 차량일 것이 분명했다. 고로 추적한다고 해도 기대할 게 없는 것이다.

사실 트럭의 행방을 찾는 것이 핵심이긴 했다.

백여 대나 되는 트럭의 행방.

그것도 눈에 잘 띄는 하얀색의 냉동탑차.

사방으로 분산되었더라도 표시가 나기 마련인 대규모 특장 차량이라 찾는 건 그리 어렵지 않은 일이다. 그러나 문제는 자신들이 발견해서 다가갈 때까지 돈이 과연 그대로 있느냐는 것이다.

즉, 시간 싸움인 것이다.

한데 자신이 인사불성이었던 기간이 3일이라면, 1조 원의 현찰을 깊숙이 잠수시키기에는 충분한 시간이었다.

귀가 막히고 코가 막히는 일이지만, 그래도 한 가지 의심은 있어 입을 열었다.

"사토."

"응?"

"혹시 정보를 흘린 자가 있었다는 말은 없었어?"

"훗! 역시 혼토야."

"엉? 있었구나."

"그래, 야마시타가 신사동으로 갔었지."

"편 사장에게?"

"응. 편 사장 측에서 불러서 갔어."

"언 놈이야?"

"장강식이라고…… 편 사장 사무실에 실장으로 있던 작자래."

"흐……."

믿는 도끼에 발등 찍힌 격이었다.

"근데 말이야, 편 사장은 단 한 번도 현금수송에 대해 말을 꺼낸 적이 없다는 거야."

"뭐? 그런데 어떻게……?"

"아아, 요 3일간 출근도 하지 않고 연락도 없어서 의심하게 된 거래."

"그놈이 범인이야, 틀림없어."

"혼토, 네가 정신을 차리지 못하고 있었던 3일이면 모든 걸 다 알아볼 수 있는 시간이라고."

"그, 그렇지. 그래서 결과는?"

"장강식이는 이미 이틀 전 아침 첫 비행기로 튀었어. 그 가족들도 오래전에 튀었고."

"염병……."

혼토의 얼굴이 코 푼 휴지처럼 구겨졌다.

"수사를 할 수도 없겠지?"

"아니, 히메마사 님이 정식으로 수사를 의뢰했어."

"엉? 정말?"

"우리가 도둑질한 것이 아니고 도둑을 맞은 거니까."

"그, 그래도 껄끄러울 텐데……."

"아, 그래서 편수익 사장과 그 일행들을 앞세웠지."

"우린?"

"우리도 슬쩍 꼽사리를 꼈지. 그래야 고소자로서 참여하고 관여를 할 수 있으니까."

"아아, 대충 알 만해."

사토의 말에서 혼토는 히메마사가 이번 강탈 사건을 계기로 여태껏 당했던 사건까지 몰아서 해결해 버릴 심산임을 알아챘다.

"고소장을 접수하니까 뭐래?"

"그 전에 변호사 말이 걸작이야."

"아참, 변호사부터 선임했겠군. 뭐라고 했는데?"

"후우, 1조가 말이나 되는 소리냐고 하더라."

"으음."

'하긴 천억 엔이 뉘 집 개 이름도 아니고……'

퍼뜩 드는 지레짐작은 반 토막은커녕 100분의 1도 신고하지 못했을 것이라는 점이었다.

한국이나 일본이나 터무니없는 돈을 강탈당했을 시는 그만한 금액의 출처가 증거물로 제시되어야 신고가 가능했다.

예를 들면 이렇다.

아무런 수입도 없는 사람이 '나 방금 백억을 강도당했소.' 하고 신고를 한다면 믿을 사람이 몇 명이나 있겠는가?

잘 모르긴 해도 신고는 받겠지만 '별 미친놈 다 보겠네.' 하면서 서류를 쓰레기통에 던져 버릴 것이다.

자연 사채업자들도 탈세를 위해 신고하지 못한 자금이 대부분이라 최대로 부풀린다고 해도 몇백억이 고작일 것이다.

"그래서?"

"쩝, 일단 상식선에서 인정받을 만한 금액으로 확 줄여 신고를 했다. 그것도 강도 사건으로 해서 말이야."

"젠장 할. 상대가 누군지 모르니 고소도 못 했겠군. 더군다나 전부 현찰이라 추적할 근거도 없으니······."

"그래서 히메마사 님은 당장은 액수가 중요한 것이 아니라 범인을 잡는 데 목적을 두고 있어. 그 의미는 잡히기만 하면 전부 토해 놓게 할 자신이 있다는 거지."

"만약 돈을 다 쓰고 없다면?"

"그런 일은 없을 것이라 하셨어."

"엉? 어째서?"

"설사 전부 허비해 버렸다고 해도 이만한 일을 벌일 조직이라면 변상할 자금 정도는 확보하고 있을 것이라 여기고 있어."

"하기야······."

말은 그럴듯했다. 그리고 추적할 단서는 장강식과 강인한이라는 놈들 둘이나 있었다.

'어째 조짐이 좋은걸.'

단, 노무라증권과의 채무를 원만히 해결한다는 전제하에서다.

그리고 사토 요시오가 당시의 상황에 대해 꼬치꼬치 캐묻지 않는 것은 나름의 배려라고 여겼다.

설혹 물어 온다고 해도 할 말이 그리 많지 않았다. 그 누가 있어 범인이 총알도 통하지 않는 인간이란 것을 믿어 줄까?

믿지 않는 것은 고사하고 떳떳하지 못하고 치졸한 변명을 한다고 치부할 게 틀림없다.

사토 요시오조차 부하들에게 직접 듣고서도 헛소리라고 치부해 버리지 않는가?

부하들이야 오야붕인 자신의 허락 없이는 입을 조개처럼 다물 게 자명한 일이라 혼토 자신만 입을 열지 않으면 된다.

어쭙잖은 변명보다는 그저 머리만 숙이고 잘못을 인정하는 것이 야쿠자 조직에 몸담은 자들의 일반적인 대처다.

하지만 당시의 상황을 서면으로 기록해 제출하는 것은 피할 수 없다. 승패를 떠나 기록은 조직 발전의 원동력이 되기 때문이다.

'젠장, 소설을 쓰는 건 자신이 없는데…….'

툭툭툭.

"얼른 털고 일어나, 히메마사 님이 더 실망하기 전에."

"아, 그, 그래야지 아무튼 고, 고맙다."

"호홋."

퍽!

"악!"

"네 보물은 무사한가 보네, 후후홋."

혼토의 사타구니 쪽을 손으로 툭 친 사토가 눈웃음을 치며
요염한 미소를 지었다.

인사불성이었던 혼토가 정신을 차린 시각에 강탈의 주범
인 담용은 천연덕스럽게도 사무실에서 팀원들과 한창 미팅
중이었다. 때린 놈이 웅크리고 자는 것이 아니라 오히려 느
긋하게 발 뻗고 자는 격이었지만, 정말 무슨 일이 있었냐는
듯 태평했다.

차락.

서류를 한 장 넘기던 담용의 눈이 번뜩했다.

"얼라? 송 과장, 아무리 백화점이라지만 지역이 청량리인
데 750억 가치라니, 이거 제대로 조사한 것 맞아?"

"이거 왜 이래? 애써서 가치를 평가한 결과물을 그렇게 호
도하면 안 되지. 왜? 이상해?"

"잠시만……."

담용은 다시 한 번 조사를 지시하기 전의 기억을 떠올려
보았다.

한농그룹의 도레미백화점.

서울에 도합 네 개가 영업 중이지만, 한농그룹의 부도로
인해 자산관리공사에 위탁되어 있는 실정이었다.

위치는 강남 도곡동, 상계동, 중계동, 청량리다.

이 중 가장 값어치가 나가는 물건은 누가 보더라도 강남에 있는 도곡동백화점일 것이다.

스륵.

다시 한 장을 넘기니 도곡동백화점에 대한 가치 평가가 기록되어 있었다.

대략 1천2백억 남짓이다.

'이거 반드시 낙찰을 받아야 하는데…….'

기억의 저편에서는 유찰에 유찰을 거듭한 나머지 ㈜파이낸싱스타가 거저먹은 물건이었다.

다시 생을 시작하고 보니 당시는 몰랐지만 이마저도 놈들의 농간이 아니었나 싶었다.

'흥, 이번엔 어림도 없지.'

내심으로 은근한 다짐을 하고 있는 담용의 귀로 유장수의 목소리가 들려왔다.

"팀장, 내 생각엔 백화점에 관심 가질 필요가 있을까 싶은데……."

"왜 그렇게 생각하지요?"

"용도가 너무 제한되어 있는 물건이라서 그러지. 업무용으로도 그렇고 상업용으로도 그렇고 말이야."

"매각하기 어렵다는 말이군요."

"팀장, 조사를 하다 보니 나도 그런 생각이 들더라고."

"흠, 모두들 낙찰받았다고 해도 애물단지가 될 것이라고 여기는군요."

"그렇지. 물론 팀장이 달리 생각하는 용도가 있다면 다르 겠지만 말일세."

"하하핫, 당연히 달리 용도가 있으니 일을 지시했지요."

"그렇다면야……. 말해 줄 수 있는가?"

"지금은 좀 그러네요. 조금만 언질을 드릴게요. 낙찰을 받 게 된다면, 좀 얄미운 기업에다 비싼 값에 팔아 보려고 합니 다."

"얄미운 기업? 왜? 원수라도 진 곳이 있는가?"

"원수라고 할 것까지야 없지만, 제조업은 흉내만 내고, 아 니 설사 제조업을 하더라도 국익에 도움이 될 만한 제품은 거의 없고 오로지 수입해다 파는 데만 열을 올리는 그런 기 업이 있긴 하죠. 하나 더 힌트를 드린다면 이 나라의 유통을 장악하려고 열을 올리는 기업 중 하나예요. 그렇게 생각하시 면 쉽게 답이 나올 겁니다."

"흠, 그래? 당장 세 군데가 떠오르는군."

"맞습니다. 그중에 하나죠. 에…… 다음은 고미옥 씨!"

"네, 팀장님!"

"오도물산 건은 어떻게 됐죠?"

"그, 그게요. 다른 물건은 순조로운데 본사는 작업하기가 좀 어려울 것 같아요."

"아니, 왜요?"

"13층 이후부터는 DL산업 소유더라고요."

"어? 오도물산 본사인데도요?"

이 사실을 처음 듣는 담용이 곤혹스러워하는 표정을 드러냈다.

'젠장, 다뤄 본 물건이 아니었으니⋯⋯.'

그러나 분명히 팔렸다. 그리고 결단코 DL산업이 소유한 것은 아니었다.

"네, 전부 22층인데 DL산업의 소유가 열 개 층이나 돼요."

"지하층은요?"

"나머지는 전부 오도물산 소유예요."

"뭐, 좋습니다. 가격 평가는 했지요?"

"네, 거기⋯⋯ 맨 뒤 페이지에 있을 거예요."

"아!"

서류를 뒤적거려 살핀 담용이 고개를 끄덕이며 말했다.

"1천6백억이면 적당한 가격 같은데⋯⋯ 한 과장님은 어떻게 생각하세요?"

"커머셜 부분은 안 과장이 저보다 더 물건 분석에 능하니 협조를 받았으면 합니다. 그러지 않아도 부탁을 했으니까요."

"그래도 조장이시니 좀 신경을⋯⋯."

"죄송합니다. 제가 맡고 있는 토지를 평가하고 그걸 상품

화하는 것만으로도 업무가 벅차서요.”

“알겠습니다. 안 과장, 분석을 해 봤나?”

“응, 고미옥 씨가 잘했더라고. 나 역시 리즌어블한 가격이라 생각해서 더 손을 안 봤어.”

“흠, 네가 합당한 가격이라 여기면 그렇게 넘어가도록 하지.”

안경태는 물건 분석의 전문가라 믿을 만했다.

“그리고…… 어, 여기 있네. 방배동 창고는 4백억가량이네요?”

“네, ‘예술의 전당’으로 향하는 비탈길에 위치해서 토지 가격이 별로 높지 않은 데다 건물도 낙후되어 그 정도 가격밖에는…….”

“안 과장 생각은?”

“거긴 지역이 강남이긴 해도 이점을 살릴 수 없는 위치야. 지도에 보다시피 유동인구가 많지 않은 지역이고 가격을 평가하기에도 애매한 것이, 전문성을 부여할 만한 여지가 없어. 고로 딱히 필요로 하는 임자가 나타나지 않는 이상 매각하기가 힘들 것 같아. 매각을 하더라도 시간이 걸릴 것이고…….”

“흠, 8차선이라 차량들도 그냥 흘러 버리는 지역이기도 하지.”

“어, 맞아. 엄청난 속도로 휙 지나가 버리는 도로라서 뭘 해도 고객을 유치하기 힘들어. 더군다나 옹벽 위에 위치해 있으니 난감해."

"네 말은 지금처럼 창고 용도 외에는 없다는 결론이군."

"오도물산이야 그렇다 치더라도 그 비싼 땅을 고작 창고로 쓰자고 매입할 사람이 있겠어?"

"그래도 찾아봐야지. 모든 물건에는 임자가 있기 마련이니까. 평가만 제대로 했다면 매각은 걱정하지 말고 소유주와 가격 흥정이나 잘해 봐."

"엉? 매수자가 있어?"

"연락할 곳은 있지."

"어? 그, 그래?"

"다음! 장영국 씨."

"넵! 모두 12페이지를 봐 주십시오."

"판교 토지 매입 건이었지?"

"그렇습니다. 지금 한 과장님의 도움을 많이 받고 있는 중입니다."

"그래, 원래는 한 과장님이 맡아야 하는 일이지만, 고양시 토지로 너무 바빠서 엄두가 안 나실 거다. 뭐, 규모도 작은 데다 가격도 크지 않으니 토지에 대해 공부할 필요가 있는 자네에게는 좋은 기회지. 어때? 도움은 좀 된 것 같아?"

"그럼요. 팀장님의 배려에 감사드립니다."

"하하핫, 나는 됐으니 계약하게 되면 한 과장님께 거하게 한턱 쏴."

"그야 물론이지요."

"밸류에이션(가치 평가)을 80억 정도로 잡았는데, 근거는?"

"예, 기본적으로 본 토지를 중심으로 동서남북에 걸쳐 토지 가격을 조사해 참고로 했으며, 주된 가격의 정보는 최근에 매매된 것을 참고했습니다. 운이 좋았는지 매매가 된 토지가 마침 본 토지와 얼마 떨어지지 않은 위치라서 가치 평가를 하는 데 어려움이 없었습니다."

"흠, 운이 좋았군. 현재 토지 상황과 진입 도로 상황은?"

"토지는 현재 소유주의 허락하에 마을 사람이 고추 등의 농작물을 생산하고 있는 실정이고 도로는 정확하게 4미터의 폭이었습니다."

"공부상의 기록과 일치해?"

"예, 지적도와 일치합니다."

"진입로의 넓이가 최하 4미터여야 하는 사실이 왜 중요한지는 알지?"

"예, 집을 지을 수 있는 최소한의 진입로 폭이기 때문입니다."

"어때? 매수자는 찾을 수 있겠어?"

"하하……하. 열심히 팔아 봐야지요."

"토지주와의 흥정을 잘하는 게 그에 걸맞은 매수자를 찾는데 도움이 된다는 걸 잊지 말도록."

"알겠습니다."

"뭐, 정 팔지 못하면 내게 도움을 요청해도 좋고."

"어? 그, 그래도 됩니까?"

조금은 풀이 죽어 가던 장영국이 반색을 했다.

"단!"

"……?"

"자네의 활동 사항을 보고서로 재출해. 내가 납득을 할 수 있으면 흔쾌히 해결해 줄 테니까."

한마디로 열심히 뛰란 얘기다. 그러지 않으면 국물도 없다는 소리라는 것을 장영국이 모를 리가 없다.

"아, 알았습니다."

"크크큭. 영국아, 좋다가 말았네."

"안 과장님도 참……. 그게 그렇게 고소합니까?"

"응, 깨소금 맛인데?"

"쳇! 두고 보십시오. 제 힘으로 해낼 테니까요."

"자 자, 조용! 다음은 설수연 과장님."

"네, 요즘 제가 맡고 있는 물건은 없고요. 대신 팀장님의 지시대로 용역비를 제때 수금하는 역할을 하고 있습니다."

"설 과장님, 그게 제일 중요한 겁니다. 실컷 일해 놓고 용역비를 제대로 못 받는다면 일을 하나 마나니까요."

"그런데 서류에 보시다시피…… 명문빌딩을 매입한 미래 미디어의 김동팔 사장님이 잔금이 끝나고 등기를 마쳤음에도 용역비를 보내지 않고 있어요."

"얼라? 정말 그러네요. 여기 적힌 대로 1억이 안 들어온 거죠?"

"네."

"전화는 해 봤어요?"

"제가 전화만 했겠어요? 명문빌딩이 별로 멀지 않아 직접 방문하기까지 한걸요."

"그래서요?"

"자꾸 기다리라고만 하더라고요."

"언제까지요?"

"약속 일자를 잡아 주지도 않고 막무가내였어요. 그러다 오늘 아침 미팅을 팀장님이 주재할 것 같아서 어제저녁에 다시 약속이라도 받으려고 전화를 했더니 못 준대요."

"뭐, 뭐라?"

"아니! 못 준다니?"

"엥? 그, 그게 무슨 말이야?"

담용이 입을 떼기도 전에 팀원들이 먼저 흥분해 댔다.

"크흠, 이유가 뭐랍니까?"

"계약할 때 1억을 줬으면 됐지 뭘 더 바라냐고 하더라고요. 그리고 그 금액이면 자기가 부동산을 취급한 이래 가장 많이 준 수수료래요."

"호오! 그래요?"

"네, 인상도 험악하고 해서 더 이상은 못 찾아가겠어요."

"그렇게 하세요. 그 문제는 제가 처리할 테니까요."

"아! 또 한 가지 있어요."

"……?"

"정 억울하면 고소하라고 하네요."

"후후훗, 고소라……."

'이 양반이 끝내 옛날 버릇을 못 버리는군.'

얼굴이나 팔에 소싯적에 한창 껄렁댄 흔적을 상대를 위압하는 표식으로 남겨 놓은 김동팔 사장이다. 그러니 설수연 같은 가냘픈 여성이 찾아가서 해결될 일이 아니었다.

어쨌거나 결국 우려스러운 일이 벌어진 상황이다.

굳이 김동팔이 아니어도 언젠가는 용역비에 대해 딴죽을 걸고 들어오는 사람이 있으리라 예감한 터였다.

그러나 지난 삶에서의 경험으로 보면 의뢰인에게 현저하게 불리한 계약 조건이 아닌 이상 100이면 100 승소할 수밖에 없다.

다만 승소는 하되 시간이 좀 걸린다. 이유는 용역비에 대해 딱히 명문화된 법 조항이 없어서다.

그래서 나온 게 부동산 용역 계약 역시 의뢰자가 인정한 상태에서 친필로 이름을 적고 사인을 하거나 도장을 찍었다면 여타의 일반 계약과 같이 본다는 말이다.

단, 승소의 결정적 요건에는 조건이 붙는다. 그만큼 용역을 위해 열심히 일했다는 표식, 즉 적거나 많거나 경비가 들어간 영수증 등이 첨부되어야 한다는 점이다.

'쯧, 지난 삶 같았으면 이런 경우에 전전긍긍했을 테지만, 지금은…… 흐흐훗, 어림도 없는 수작이지.'

수틀리면 아예 껍데기까지 홀랑 벗겨 버릴 수 있지만, 이제는 어엿한 공무원이란 신분이라 조폭이나 야쿠자만 아니라면 대충 손봐 줄 생각이다.

툭툭툭.

검지로 책상을 두드리던 담용은 김동팔 사장과 계약할 당시를 떠올려 보았다.

실제로 용역비는 3억이 훌쩍 넘는 금액이었지만, 에누리를 해 주어 2억에 합의를 봤다.

―용역계약서를 썼다가 계약이 끝난 후에 법정 수수료를 따져서 물으면 어떻게 되나?"

―그땐 법정에 같이 서야 합니다.

―뭐? 버, 법정?

―예, 용역 계약서에 분쟁이 생겼을 경우 가까운 관할법원이나 혹은 중재위원회에 가서 중재를 받도록 명시되어 있습니다.

―쩝! 꼼짝없이 걸렸군그래.

'이랬는데…….'

법정이란 용어만 나와도 꺼림칙한 표정이 되던 김동팔 사장을 똑똑히 기억하고 있는 담용이다.

그도 그럴 것이 일단 고소를 당하게 되면 신상이 죄다 털린다. 성명과 본적, 현주소는 기본이고 출신학교와 종교, 직업 등을 솔직하게 말해야 한다.

경찰은 피고인이 오기 전에 이미 그 사람의 전과에 대해 모두 파악하고 있는 상태다.

김동팔은 이 점이 껄끄러운 것이다.

고소를 당한 전과자의 경찰 출입이니 결코 이로울 리가 없다.

'흠, 건물을 부수고 개발할 때도 됐으니 오랜만에 김 사장을 만나러 가 볼까나?'

담용의 입매가 비죽 비틀리는 것을 본 설수연이 걱정스러운 표정으로 물었다.

"팀장님, 정말 받으러 갈 거예요?"

"그럼 그만둘까요?"

"안 돼요! 전부는 아니더라도 절반 정도는 꼭 받아야 해요!"

"그러면서 그 근심 어린 표정은 뭡니까?"

"아이 참, 김동팔 사장이 까, 깡패…… 출신이라고 하니까 그러지요."

설수연의 말은 점점 작아져 마지막에는 잘 들리지도 않았
다.

"하하핫, 지금 나 다칠까 봐 걱정하는 겁니까?"

"그럼 걱정이 안 돼요?"

"후후훗, 걱정하지 말아요. 오히려 큼지막한 이자를 붙여
올 테니까."

"이, 이자라니요?"

"하핫, 그런 게 있으니 두고 보세요. 이봐, 안 과장!"

"응?"

"명문빌딩 개발에 대해 수익성 분석을 좀 해 놔라."

"예? 그건 왜……?"

"글쎄 해 놓으라면 해 놔. 자 자, 더 할 말이 없으면 이만
끝내지요. 아참, 유 선생님."

"말씀하시게."

"결혼 준비는 잘되어 가십니까?"

"크험험, 그럭저럭……."

일상 Ⅱ

2000년 8월 23일 수요일 한여름의 초저녁 무렵, 곰방대 할아버지 댁.

곰방대 할아버지 내외 그리고 담용과 동생들, 거기에 정인까지 방문해 저녁 식사를 했다. 그러고 거실에 한데 모여 티 타임을 가지고 있는 중이었다.

정인은 이제 담용의 가족 분위기에 녹아들었는지 행동거지가 자연스러워 전혀 어색함을 보이지 않았다. 지금도 담용의 옆에 달라붙어 앉아 있기보다는 혜린과 혜인 사이에 끼어 앉아 가지런히 깎은 참외 조각 하나를 포크에 찍어 곰방대 할아버지에게 먼저 권하고 있었다.

"할아버지, 참외에서 단내가 물씬 나요. 드셔 보세요."

"허허허, 오냐."

정인이 건네주는 참외 조각을 든 곰방대 할아버지가 흐뭇한 미소를 짓고는 담용을 쳐다보았다.

"케헴, 너는 어찌 그리도 바쁜 게냐? 이 할아비에게 얼굴도 한번 안 비치고."

"죄송해요, 할아버지. 그럴 일이 좀 있었어요."

"출장을 가야 할 정도로 바쁘고 긴한 일이 있다면야 응당 그래야겠지만…… 며칠 동안 집에도 들어오지 못할 정도라니, 대체 뭔 일이더냐?"

조금은 궁금해하는 표정인 곰방대 할아버지의 말에 싱긋 웃어 보인 담용이다. 이어 말을 하기보다는 먼저 미리 준비를 해 뒀었던지 명함을 꺼내 건넸다.

"엉? 이, 이게 뭐냐?"

"제 명함이에요."

"명함이라면 옛날에 받은 게 있는데…… 혹시 부서가 달라졌더냐?"

"하하하, 일단 보시고 말씀하시죠."

"……?"

싱글벙글하는 담용의 태도에 곰방대 할아버지가 의혹 어린 눈빛으로 돋보기를 걸치고는 명함을 뚫어져라 쳐다봤다.

"으잉! 이, 이게 뭐시다냐?"

"영감, 그게 뭐기에 그리 놀라고 그러우?"

바인더북

"어허, 어허! 담용이 네가 건설교통부의 사, 사무관이라고?"

"예, 할아버지."

"허어, 난데없이 웬 벼슬이더냐?"

안성댁의 물음을 뒤로한 곰방대 할아버지의 시선이 습관
처럼 정인에게로 향했다.

두 사람의 눈길이 딱 마주쳤다.

도리도리.

할아버지의 시선을 정면으로 받은 정인이 두 손바닥을 펼
쳐 손사래까지 치며 황급히 도리질을 해 댔다.

'너는 알고 있었느냐?'라는 무언의 물음임을 모르지 않은
정인이었지만, 그녀도 담용이 오늘 처음 밝힌 일이라 알 턱
이 없었다.

"할아버지, 뭔데 그러세요?"

성격이 활달한 혜린이 궁금증을 참지 못하고 할아버지 곁
으로 다가왔다.

"에헴, 네 큰오라비가 건설교통부의 사무관으로 취직이
됐다는구나."

"예? 거, 건설교통부요?"

"어머나! 건설교통부라니요? 할아버지, 진짜요?"

"허허헛, 그렇다는구나. 그것도 사무관이란다."

깜짝 발표에 화들짝 놀라 물어 오는 혜인이와 혜린에게 너
털웃음을 흘리는 곰방대 할아버지다.

담민은 담민대로 무슨 말인지 몰라 의문이 가득한 눈빛으로 곰방대 할아버지와 담용을 번갈아 쳐다보았다.

영문을 몰라 하는 건 정인도 마찬가지라 그저 담용을 뚫어져라 쳐다볼 뿐이다.

"에구, 영감, 난 당최 뭔 말인지 모르것소. 큰애가 어떻게 됐다는 거유?"

"임자, 정 궁금하면 당사자에게 자세히 들어 보면 되잖소. 눈치를 보아하니 애들에게도 말하지 않고 이 자리서 처음 밝히는 사안인 것 같은데."

"그렇잖아도 그렇게 느껴지는구랴."

"담용아, 아무래도 네가 직접 궁금증을 풀어 줘야겠다."

곰방대 할아버지의 말에 모두의 시선이 담용에게로 쏠렸다.

"예, 할아버지. 이번 일은 원래 한 달 전부터 조짐이 있었던 거였어요. 제가 며칠 집을 비운 것은 연수를 받아야 해서 그런 거고요."

"흠, 이 할아비가 알기로는 사무관이란 직책이 5급 공무원이지 싶다. 허허헛, 옛날로 치면 현감 벼슬을 한 셈인가?"

"할아버지, 현감이 뭐예요?"

"허허헛. 혜인아, 너 사또가 뭔지는 아느냐?"

"네, 알아요! 춘향전에 나오는 못된 변 사또 같은 거요. 히히힛, 할아버지, 맞죠?"

"허허허, 바로 그거란다."

"그럼 큰오빠가 변학도처럼 사또 벼슬을 하게 된 거예요?"

"뭐, 그런 셈이지만, 지금은 시대가 달라졌으니 5급 공무원으로 사무관급이지."

"와아! 큰오빠!"

"응?"

"저희도 모르게 언제 공무원 시험을 본 거예요?"

"공무원 시험을 본 것이 아니라 조그만 공로가 있어서 특채로 채용된 거다."

"특채라면……."

"특별 채용을 말하는 거지."

"아아, 어쨌든 이제는 공무원이잖아요?"

"하하하, 그런 셈이지."

"히히힛, 그럼 우리 집안에 공무원이 생긴 거네요."

"녀석."

"근데 큰오빠 그걸 왜 여태 말 안 했어요?"

"아아, 그건 할아버지 할머니와 너희들이 모두 있는 데서 발표하려고 미뤄 둔 거였어."

"헤헤헷, 아무튼 축하드려요."

"고맙다."

"지도요."

"큰형님, 저도 축하드립니다!"

"그래, 그래, 고맙다."

"에구, 뭔지는 자세히 모르것지만서두 담용이 네가 잘되얏다니 이 할미도 축하하는구먼."

"고맙습니다, 할머니."

쿡쿡.

"저도 축하드려요."

"고마워요, 정인 씨. 그리고 미리 말해 주지 않은 건 미안해요."

"후후훗, 괜찮아요. 할아버지, 할머니께 먼저 말씀드리는 게 옳아요."

"이해해 줘서 고마워요."

"허허헛, 그런데 담용아."

"예, 할아버지."

"네가 그렇게 되기까지는 그만한 이유가 있을 텐데…… 그렇지 않으냐?"

"맞아요, 할아버지. 원인이 없는 결과는 없는 법이니까요."

"암은, 모든 세상의 이치가 그렇지."

"얘기야 길지만 간단히 말씀드리자면, 작금의 외환 위기로 인해서 벼락감투를 썼다고 보면 돼요."

"흠, 아무런 공로도 없이 네게 벼락감투를 씌워 줄 정도로 이 나라가 허술하지 않다는 것쯤은 이 할아비도 모르지 않는다."

"뜬금없는 것은 아니고요, 할아버지."

"그려, 그럴 만한 이유가 있겠지."

"제가 그동안 알게 모르게 우리나라의 자산을 헐값으로 사들이려는 외국 금융회사들의 의도를 무산시키고 정당한 가격에 매입하게 하기 위해 노력해 왔어요. 그런데 그것이 하나둘 쌓이다 보니 규모가 너무 커지는 통에 그만 당국이 알게 됐지요. 그렇게 당국의 심사 끝에 채용이 된 거예요."

"오호! 네가 그런 일을 했었더냐?"

"예, 제 업무를 하던 중에 터무니없는 가격에 국내 자산들을 무차별로 매입해 가는 외투사들의 행태를 보고 참을 수 없어서 나섰지요. 그 결과 꽤 괜찮은 실적을 쌓다 보니……그만 이렇게……."

말을 맺지 못한 담용이 쑥스러웠던지 머리를 긁적였다.

물론 국정원의 블랙 요원인 것을 숨겨야만 하는 미안함도 함께 곁들여져 있는 행동이었다.

본의 아니게 거짓말을 계속해야 하는 담용의 입장에서는 빨리 화제를 바꾸고 싶었다. 뭐, 동생들에게야 얼마든지 선의의 거짓말을 할 수 있다지만, 할아버지와 할머니에게까지 계속해서 거짓을 말할 수는 없어 난처했다.

"하면 내일부터는 건설교통부로 출근하겠구나."

"할아버지, 그게…… 외투사들을 유치해 놓은 상태에서 정부가 노골적으로 개입하는 모양새가 좋지 않아 당분간은 현 직장에서……."

"허허, 그려, 그려. 더 말하지 않아도 알 만하구나. 아무튼 어려운 시기를 맞은 이 나라에 너 같은 인재가 꼭 필요하다니 이 할아비는 무엇보다 기쁘구나."

담용의 말이라면 무조건 신뢰를 하는지 그런 말로 두루뭉술하게 넘어가는 눈치인 곰방대 할아버지다.

살아온 세월의 연륜이 그리 녹록하겠는가. 이 자리에서 자세한 사정을 더 캐묻지 않는 배려를 해 주는 것임을 담용도 모르지 않았다.

손자가 새삼스럽게 이런 자리를 빌려 그런 사실을 밝히는 것도 믿음이 갔다.

동생들의 표정에서 궁금증이 사라지지 않는 것을 눈치챈 곰방대 할아버지가 얼른 말을 이었다. 화제를 바꿈으로써 담용의 곤란함을 무마시키려는 의도다.

"크흠, 하기야 지금 부동산값이 헐값이긴 하지. 이게 모두 나라에 달러가 없어서 그런 것이야."

곰방대 할아버지의 말에 담용도 내심 '옳다구나.' 하면서 얼른 말을 받았다.

"맞아요, 할아버지. 어떻게 그리 잘 아세요?"

"잘 알긴…… 뉴스에 나오는 소식들이 죄다 그런 말들뿐인걸."

"하하핫, 할아버지, 그래서 드리는 말씀인데요."

"잉? 내게 할 말이 있느냐?"

"예, 저기……."

"헐, 뭔 말을 하려고 그리 뜸을 들이누? 어여 말해 봐라."

"저기…… 지금 짓고 있는 복지시설 주변의 임야를 구입하고 싶지 않으세요?"

"엥? 뜬금없이 그게 뭔 소리다냐?"

"기왕이면 복지관 사방을 둘러싸고 있는 임야를 구입해, 아이들이나 어르신들이 자유롭게 산보하면서 오르내릴 수 있는 시설들을 마련했으면 해서요."

"허어, 네 생각은 기특하다만, 아무리 개발제한구역인 그린벨트라도 복지관 주변의 임야를 다 사들이려면 면적이 넓어 돈이 수월찮이 들 텐데, 그걸 어찌 다 감당하누?"

"제가 좀 벌어 놓은 게 있어서 그래요."

"허! 얼마나 벌었기에 그렇게 자신만만하누?"

"그 돈으로 모자라라면 또 벌면 되지 않겠어요?"

"원 녀석, 어째 너는 돈 버는 것을 그리도 쉽게 얘기하누?"

"하하핫, 모두 할아버지 덕분이죠 뭐."

"엥? 내 덕분이라니?"

"처음 제가 할아버지를 뵈었을 때 윤 선생에게 해 주시던 말씀을 기억하고 있으니까요."

"잉? 나가 무슨 말을 했기에……?"

"윤 선생이 어찌하면 돈을 많이 벌 수 있느냐고 물으니 할아버지께서 하신 말씀이, 돈의 흐름을 알아야 한다고 하셨어요."

"허허헛, 그려, 나가 그런 말을 했던 기억이 나는구나."

"그리고 돈의 흐름만 알아서는 안 되고 맥을 찾아 길목에서 기다리고 있어야 한다고 하셨어요."

"허허헛, 맞다. 하면 지금 네게 돈의 흐름이 보이더냐?"

"히히힛, 조금은요."

"그래. 하지만 그게 함정일 수도 있으니 매사에 신중해라."

"예, 할아버지."

"어쨌든 네가 부동산 전문가임을 모르지 않는다만…… 확장이 쉬운 일은 아니다. 그리고 너무 무리하는 것은 결코 좋지 않다."

"할아버지, 매입하는 데 얼마나 들지는 모르겠습니다만, 일단 시도는 해 보지요. 어차피 개발제한구역으로 묶여 있는 상태라 이쪽에서 매입 의사를 밝히면 모두들 쉬 응하지 않을까 싶네요."

"그렇기야 하지. 정 그리하고 싶다면 사 두는 것이야 뭐가 어렵겠느냐? 개발이야 자금이 생기는 대로 하면 될 테고."

"자연녹지 같은 것은 전혀 없나요?"

"있기야 하지. 하지만 그리 많지는 않을 게다."

"가격이 다르겠지요?"

"암은, 값을 따로 쳐줘야 할 게다."

"그러시다면……."

손을 상의 안주머니에 넣은 담용이 하얀 봉투를 꺼냈다.

"할아버지, 이거 받으세요."

"돈이냐?"

"예."

"그려?"

봉투를 건네받은 곰방대 할아버지가 입으로 혹 불어 입구를 벌리고는 눈을 게슴츠레하게 만들어 확인에 들어갔다.

"아따, 영감도 참 주착이요. 아, 그냥 꺼내서 보면 될 걸 가지고……."

"어허! 임자는 이 맛을 몰라서 그래."

"그기 뭔 맛인디요?"

"허허헛, 뭐긴 뭐겠어? 쪼는 맛이지."

"하하핫!"

"호호호홋!"

"이 냥반이 요새 노인정엘 다니더니 시방 화투패를 맞추는 숭내를 내는구랴."

"암은, 배웠으면 써먹어야지. 어디…… 보자."

곰방대 할아버지가 봉투에서 내용물을 끄집어냈다.

"쩝, 달랑 한 장이로구먼."

"에이, 할아버지도 참. 금액이 더 중요하죠. 히히힛."

"그려, 혜인이 네 말이 맞다, 허허헛."

수표 한 장을 눈앞에 번쩍 들어 보인 곰방대 할아버지가 비죽비죽 웃더니 그대로 봉투에 집어넣어 버렸다.

"에? 얼만지 공개 안 하세요?"

"에헴, 어린 너희들이 알아서 좋을 것이 없으니까 그래.

담용아, 잘 쓰도록 하마."

"모자라면 말씀하세요."

"오냐."

"큰오빠, 나도 용돈 좀…… 히히힛."

"어? 저도! 저도요!"

곰방대 할아버지의 말이 끝나자마자 기회다 싶은 혜인이와 담민이 두 손을 포개고는 쑥 내밀었다.

"허허허, 용돈이 궁해진 모양이구나. 이 할아비가 주도록 하마."

"어머! 아녜요, 할아버지."

약속이나 한 듯 내민 손을 얼른 거두는 혜인이와 담민이다.

"할아버지, 제가 줄게요. 얘들아, 이따가 집에 가서 주마."

"우히히, 정말요?"

"그래."

"허허헛, 인석들아, 용돈이 궁해지면 할아비에게 와서 달라고 해라. 나도 그런 재미를 좀 봐야 하지 않겠느냐?"

"네, 할아버지!"

"대신 몰래 와서 받아 가기다, 허허헛."

"히히힛, 할아버지 최고!"

곰방대 할아버지의 말에 제일 신난 사람은 담민이었다.

"근데 혜린아."

"네, 할아버지."

"너희 오라비가 생활비는 잊지 않고 제때 주더냐?"

"호호홋, 그럼요."

"모자라지는 않고?"

"네, 요즘은 예전처럼 돈이 없어 쪼들리는 걱정을 하지 않아서 너무 좋아요."

"허허헛, 녀석."

혜린이 활짝 웃으며 하는 말에 곰방대 할아버지는 그저 대견한 듯한 표정이다.

"어려운 살림을 해 본 사람만이 돈을 아껴서 쓸 줄 알지, 암은."

"그런 것 같아요. 옛날 어려운 살림이었을 때는 오빠가 주는 돈이 참으로 무거웠어요. 뭐랄까? 마치 중압감 같은 느낌이 든다고 할까요? 근데 지금은 그런 중압감이 많이 가신 편한 돈으로 느껴져서 마음이 날아갈 것 같아요."

"호호호, 혜린아, 그런 기분은 네가 시집을 가면 또 느낄 수 있을 게다."

"네? 할머니, 그게 무슨 말이에요?"

"인석아, 남편이 벌어다 주는 돈을 받는 것처럼 편한 것이 없으니까 그러지."

"아휴, 할머니도 참."

"왜? 아직도 사귀는 남자가 없는 게야?"

"그, 그게요."

"아……. 하하하, 때가 되면 혜린이가 할머니께 남자 친구를 데리고 와서 인시시킬 테니 조금만 기다려 보세요."

"그렇게 말하는 큰애가 좀 아는 게 있나 보구나. 그런 겨?"

"아뇨, 아직은요. 하지만 조만간 그런 일이 있지 않겠어요?"

"하기야 사내라면 저렇게 예쁘고 늘씬한 처자를 마냥 방치해 놓지는 않을 거구먼."

"크흠흠, 임자는 괜히 얼라를 곤란하게 하는구먼그랴."

"영감도 참. 아, 이렇게 가끔씩 한마디 해 놔야 사내놈을 물어 올 것 아니우."

"우히히힛, 할머니 말씀이 너무 재미있어요."

"호호호, 그러냐?"

"네! 누나, 걍 이빨로 꽉 물어 와 버리라구!"

딱!

"아쿠!"

"이 녀석이 어른들 앞에서 못 하는 말이 없어."

"씨이, 말로 하지 왜 때리고 그래."

"어흠흠, 혜린아."

"네, 할아버지."

"그리고 너희들도 잘 들어라."

"예."

"이 할아비는 방금 혜린이가 한 말에서 느끼는 것이 있다. 사내란 모름지기 제 처자식을 먹이고 입히고 재우는 데 결코 소홀히 하지 말아야 한다고 생각한다."

집안의 가장이라면 최소한의 의식주를 책임질 줄 알아야
한다는 얘기였으니 못 알아들을 말이 아니었다.

"그러니 혜린이와 혜인이는 앞으로 반드시 책임을 질 줄 아
는 남정네를 택해서 신랑으로 삼도록 해라. 그리고 담민아."

"옛, 할아버지."

"너는 나중에 커서 장가를 가거들랑 절대로 네 처자식으로
하여금 돈이 없어서 남한테 업신여김을 받게 하거나 설움을
당하게 해선은 안 된다 알았느냐?"

"그럼요, 할아버지. 절대로 그런 일은 없을 거예요. 돈을
많이 벌 거거든요."

"돈을 주체할 수 없을 정도로 벌 필요는 없다. 하지만 없어
서 생활에 불편을 줄 정도가 되어서는 안 된다, 알겠느냐?"

"넵! 할아버지, 명심할게요."

"오냐. 에또…… 너희들에게 덧붙여서 한마디 한다면 자
고로 먹을 것이 없어 굶는 사람도 딱하지만, 먹을 것을 앞에
두고도 이가 없어 먹지 못하는 사람이 더 딱한 법이다. 또 짝
이 없어 혼자 사는 사람도 딱하지만 짝이 있어도 정 없이 사
는 게 더 딱해 보이는 법이니, 기왕지사 인연을 맺었다면 정
을 뚝 떼어 놓고 살아가는 일이 없도록 해라. 알았느냐?"

"예."

"네—!"

"그나저나 오늘이 여름의 기운이 꺾인다는 처서로구나. 우리도 더 늦기 전에 잠시라도 휴가를 다녀와야 하지 않겠냐? 담용이 네 생각은 어떠냐?"

"그래야지요. 하지만 전 이미 연수를 받느라 휴가를 다 써 버려서…… 죄송하지만 이번 여름은 빠져야겠어요."

"그렇다면 할 수 없지."

"에그, 어떡하누? 담용이 네가 못 간다니 혜인이 입이 대번에 비뚤어지는 것 봐라."

"어? 혜인아, 친구들하고 계획 안 세웠냐?"

"칫! 난 가족들하고 가야 한다고 일부러 빠졌단 말이야, 힝."

"어? 그래? 담민이는?"

"저야 합숙 훈련이 피서 겸 훈련이었으니 안 가도 돼요."

"혜린이는?"

"저, 저는 이달 말에나…… 갈까 해요."

'홋! 짜식, 도원이 녀석하고 계획을 세워 놨나 보네.'

살짝 당황하는 혜린의 표정에서 대충 짐작이 가는 담용이다.

"새아기야 어차피 담용이 네가 있는 곳이 휴가지인 셈이니 별문제 될 게 없다만…… 그러고 보니 불쌍한 우리 혜인이만 못 갔구나."

"할아버지, 혜인이는 제가 돈으로 보상하도록 할게요. 어떠냐, 혜인이 너도 동의하지?"

시든 꽃잎처럼 시무룩해 있던 혜인이 돈이란 말에 활짝 피어나더니 기대에 찬 눈망울을 데굴데굴 굴리며 물었다.

"어, 얼마 줄 건데……."

"네가 필요한 돈이 얼만지 계산해 보고 내게 말해 다오. 그리고 특별히 원하는 게 있으면 한 가지만 말해, 사 줄 테니까."

"이야호! 약속했어요, 큰오빠."

"그래."

"얘, 담용아, 그럼 이렇게 하자꾸나."

"어떻게요?"

"그냥 보내기는 섭섭하니 윤 원장과 성수병원의 김 원장을 불러 모두가 함께 하루를 보내는 건 어떻겠느냐?"

"그분들도 계획이 있을 텐데 괜찮을까요?"

"뭐, 거창한 건 아니니까. 그리고 윤 소장도 복지관을 짓느라 바빠서 휴가를 가지 못했을 테니, 아예 이참에 일꾼들과……. 아, 아니다. 아예 그들의 가족들까지 오라고 해서 함께 하루를 보냈으면 좋겠구나. 장소는 얼추 모양을 갖춰 가고 있는 복지관으로 하고 말이다."

"영감, 방금 거창한 게 아니라더니 거짓부렁이었수?"

"허허헛, 말을 하다 보니 그렇게 됐구려."

"뭐, 다들 좋다면야 복지관이 널찍하니 그것도 괜찮겠구려. 뙤약볕도 피하구 말이유."

"아! 장소는 그곳이 좋겠네요. 저도 하루쯤은 시간을 낼 수 있으니 같이하지요."

"그려. 한데 가족들까지 부른다면 준비가 만만치 않겠구나."

"할아버지, 그건 염려하지 마세요. 도원이 그 친구에 맡기면 준비를 잘할 수 있을 거예요."

"그럴까?"

"그럼요. 제가 도원이 그 친구하고 같이 준비를 할 테니할아버지께서는 감독만 하세요."

"허, 두 사람으론 손이 모자랄 텐데……."

"걱정하지 마세요. 정인 씨도 있고 혜린이와 혜인이도 있으니까요."

"큰형님, 저도 도울게요!"

"하하하, 그래. 고맙다. 근데 혜린이 네 표정은 왜 그러냐?"

"그, 그게…… 잠시만요. 언니, 일하시는 분들이 전부 몇명이죠?"

"모두 예순여섯 명이에요."

"그렇다면 그분들 가족만 해도…… 족히 2백 명은 될 것같은데요?"

"담용 씨, 생각해 보니 보통 일이 아닐 것 같아요."

"맞아요. 2백 명이면 손이 엄청 많이 갈 텐데……."

"얘는 손만 많이 가? 그 많은 사람들 치다꺼리 하려면 무지 힘들다는 걸 알아야지. 하다못해 행사 프로그램 짜는 것도 만만치 않다고."

"아, 그렇구나! 에이, 큰오빠, 난 빠질래요."

"하하핫, 인석아, 그 문제는 염려할 것 없다. 행사 자체를 이벤트 회사에다 맡길 텐데 뭐가 걱정이냐?"

"어머! 저, 정말요?"

"그래, 그 많은 인원을 감당하려고 하면 모두 쓰러지지 않겠냐? 음식도 출장 뷔페 업체에다 주문할 텐데 뭔 걱정이냐? 이래도 빠질래?"

"히히힛, 그렇다면 참가해야죠."

"짜식, 내가 이래 봬도 우리 가족들을 누구보다도 소중하게 여기는 사람이라고."

"히힛! 큰오빠, 최고!"

툭.

"언니, 난 오빠에게 저런 모습이 있다는 거 오늘 처음 알았어요."

"그래요? 난 좋기만 한데요?"

"흥흥! 부창부수가 따로 없네요."

"호호홋, 그게 알콩달콩 잘 사는 지름길이니까요."

"핏!"

"아가씨도 그렇게 해 보세요. 남자들은 치켜세워 줄수록 힘을 내는 사람들이라고요. 그리고 그걸 엄청 좋아하기도 하고요."

"그, 그래요?"

"그럼요."

"호호호, 알았어요, 참고할게요."

언제나처럼 일찌감치 출근하고 있는 담용의 휴대폰이 울었다.

우웅. 우우웅.

'누구……? 어라? 조 과장님이시네.'

내심 자신만큼이나 부지런한 사람이라고 여긴 담용은 핸즈프리에 걸쳐져 있는 휴대폰의 수신 버튼을 눌렀다.

"여보세요? 육담용입니다."

－나 조재춘일세.

"어이구, 조 과장님, 그동안 편안하셨습니까?"

－나야 필드에서 뛸 일이 없으니 별일이 있을 리가 없지. 그런 자네는 어땠나?

"저야 늘 다람쥐 쳇바퀴죠 뭐. 근데 어쩐 일십니까?"

－하하하, 이 사람 이거…… 내 전화인 줄 알면서도 말씨가 태평한 걸 보니 그동안 하나도 궁금하지 않았던 것 같군 그래.

"하하, 그럴 리가요? 저도 욕심이란 괴물이 속에서 똬리를 틀고 있는 사람이긴 매한가진데요."

-맞아. 사람이라면 그게 당연한 심정일 테지. 내가 자네의 그런 마음을 헤아려 전화를 했다네.

"문무대왕 일은 며칠 지나지 않았으니 그새 처리를 다 했을 리 없을 테고…… 다른 용건이 있나 봅니다."

-하하핫. 눈치가 보통이 아니네그려.

"혹시…… 낌새가 있는 겁니까?"

-후후훗. 맞네. 없을 리가 없지.

"아귀는 제대로 맞았던 것 같은데요?"

-그야 이를 말인가? 하지만 아직도 결론을 내지 못할 정도로 크게 당했는데 여태껏 조용하다는 게 말이 된다고 생각하는 것은 아니겠지?

"쩝, 어디서 움직이고 있습니까?"

-검찰 쪽인데, 짚이는 게 있으면 말해 보게?

"그야 특수수사부의 한영기 부장검사가 직속 부하인 경대수 검사를 움직였을 것 같은데요? 아닙니까?"

-헛물켜게 한 적이 있다더니 정확하게 맞히는군. 그렇다면 그 윗선도 짚이는 게 있겠지?

"한일의원연맹의 간사를 맡고 있는 갈성규 의원이죠 뭐."

-맞네. 그 양반이 추구하는 정치 성향을 보면 야쿠자의 입김이 작용했다는 걸 세 살배기도 알겠더라고.

"그 작자는 골수 친일파라 야쿠자 자금을 못 끌어들여서 환장하는 사람이지요."

-후후훗. 지금 얘기는 통신상으로 즉답을 해 줄 수 없어서 노코멘트하겠네.

"이해합니다."

모두가 CIA의 감청이 있을지 몰라서다.

"이제 어쩌실 작정이십니까?"

　-어쩌긴 뭘 어째? 모른 척하고 있는 게 장땡이지.

"혹시라도 협조 공문이 날아오면요?"

　-그럴 리는 없겠지만 만약에라도 그런 일이 발생한다면 자네가 좀 뛰어 줘야겠지.

"알았습니다."

　-아! 그리고…… 일본에서 야쿠자의 거물이 입국했다는 정보네.

"예? 야쿠자의 거물요?"

　-그렇다네. 어제 한 부장을 만났으니 오늘은 갈성규 의원을 만날 차례가 아닌가 싶으이.

"모종의 이유가 있을 것 같은데요?"

　-그야 빤하지 않겠나?

"예? 빤하다니요?"

　-여태껏 강탈당한 것들을 죄다 회수하기 위한 회합이라고 보네만.

"아아, 무슨 말인지 알겠습니다. 저도 질문이 있습니다."

　-뭔데 그러나?

"언제쯤이나 제가 활동하게 되는지요?"

—하하핫, 당분간은 푹 쉬고 있게.

"어? 임무가 없는 겁니까?"

—우선은 국내에서 벌어지는 일부터 경험을 쌓게 할 것이네. 하지만 그마저도 당장은 아니라네.

"아, 예."

—실망하지 말게나. 지금 하고 있는 일도 임무 중 하나라고 생각하면 되니까.

"하하핫, 고과에 반영됩니까?"

—당연하지.

"하면 국외로 나가기까지 시일이 한참 걸리겠군요."

—그건 나도 알 수 없네. 다만 블랙 요원들이 곤란한 상황에 부딪혔을 때 한 팔 거들어 줘야 하니, 그때 지체하지 말고 움직여야 할 걸세.

"알겠습니다. 하지만 저도 업무가 있는지라 혹시라도 중복되어 일에 차질이 올까 봐 우려되니, 임무가 떨어질 시는 미리 말씀해 주십시오."

—가능하면 미리 고지를 해 주겠네만, 화급한 일이 발생할 경우에는 나도 어쩔 수 없네. 우리 일이라는 것이 대부분 일정한 틀에 얽매인 게 아니라서 말일세.

"그래도 혹시 모르는 일이니 정보를 아시게 되면 미리 알려 주십시오.

-가능하면 그러도록 하지.

"그런데 정산은 언제쯤이나……?"

-왜 급한가?

"이쪽도 자금이 많이 필요해서요."

-흠, 그 문제는 곧 연락하겠네.

"기다리죠."

탁!

그런데 폴더를 닫자마자 곧바로 진동이 왔다.

"응?"

액정을 살피니 '회사대빵'이라고 표시되어 있다.

'엉? 사장님이 이 시간에 어쩐 일이래?'

꾸욱.

"사장님, 육담용입니다."

-여어! 육 팀장, 얼굴 보기가 정말 힘들구먼.

"무슨 말씀을요? 휴가를 끝내고 인사차 들렀더니 휴가 중이시라던데요?"

-어, 나도 제주도에서 휴가를 보내고 그저께 돌아왔다네.

"좋으셨겠어요."

-모두 육 팀장 덕이지 뭐.

"다행이네요, 제가 일조를 했다니 말입니다."

-하하핫, 당연한 소릴.

"근데 이렇게 일찍 전화를 하신 이유가 있을 것 같은데요?"

바인더북

-아! 오늘 일정이 바쁜가?

"저야 늘 그런 편이지요 뭐, 보자…… 아! 이따가 김동팔 사장에게 가 봐야 합니다."

-얘기는 들었네. 설 과장 말로는 그 사람이 뒷골목 출신이라던데. 수금이 가능하겠는가?

"당연히 수금해 와야지요."

-내 말은 원만하게 해결되겠냐는 걸세.

"저는 정당하게 번 제 돈을 떼이고는 못 참는 성미입니다. 하지만 이런 일로 구설수에 오르는 것 역시 원치 않습니다."

-흠, 알아서 해결하겠다는 말로 들어도 되겠는가?

"예, 맡겨 주시지요."

-알았네. 그 문제는 자네에게 맡기도록 하지. 정 안 되면 법적 조치를 할 테니까 무리하지는 말아.

"알겠습니다."

-그럼 아침에 팀 미팅을 끝내자마자 나 좀 보고 가게나.

"그러죠."

-그럼 이따가 보자고.

"예."

폴더를 닫은 담용의 입매가 약간 비틀렸다.

'훗! 그래도 직원이라고 입을 싹 닦는 눈치는 아니네.'

국정원을 두고 하는 말이다. 하기야 입을 싹 닦아 봤자 맹하게 당하고 있을 담용도 아니지만 말이다.

어찌 됐던 가난하고 없는 자들의 눈물과 고통을 침대 삼아 부를 누리던 사채업자와 경제 침탈을 위해 대한해협을 건너왔던 야쿠자의 전위대를 일패도지시켜 버린 일은 몇 번을 말해도 통쾌했다.

　지금도 담용의 뇌리에 편수익 등의 사채업자, 혼토와 그 수하들의 썩어 문드러진 얼굴이 맴돌고 있는 중이었다.

　아무튼 그렇게 야쿠자와 사채업자들의 자금을 강탈한, 암호명 문무대왕작전은 한바탕 폭풍의 파운딩 펀치같이 삽시간에 이루어졌고, 작전을 이룬 이들은 소리 소문 없이 잠적해 버렸다. 당연하게도 그 일은 국정원에서의 담용의 주가를 단번에 한라산 꼭대기까지 밀어 올리는 결과를 낳았다.

김동팔, 코너에 몰리다

KRA 사장실.

담용은 유상현 사장에게 무슨 말을 들었는지 미간을 한껏 좁히며 내심 중얼거렸다.

'거참, 마치 짜 맞춘 듯이 이런 일이 내 귀에 들리다니.'

국정원 요원이 된 것을 기념하는 건수라서 하는 말이었다.

"공시지가의 절반 값이라니…… 과연 믿을 만한 물건인지 그게 좀 미심쩍긴 해."

"저로서는 도무지 믿을 수가 없는 말입니다. 보나 마나 자연녹지 아니면 그린벨트일 텐데요."

"하하하, 그렇긴 한데…… 청와대가 나서서 용도 변경을 해 준다고 하지 않는가?"

'에휴! 이놈의 사기꾼들은 지치지도 않나? 되지도 않는 물건을 가지고 줄기차게도 우려먹네.'

담용은 이전의 삶에서 이런 물건들을 들고 다니는 중개업자들이 있음을 비일비재하게 들었던 터였다.

물론 직접 관여한 바는 없었고, 그런 중개업자들과 연관되지도 않았었다. 아울러 소문은 무성했지만 뭔가 이루어졌다는 말은 단 한 번도 듣지 못했다.

하지만 듣는 귀는 있어서 이들이 말하는 전매특허 정도는 알고 있었다.

─현 정부에서 비자금이 필요해 국유지를 팔아 자금을 조성하려 한다.

당연히 그린벨트나 자연녹지를 일반 상업지역이나 일반 주거지역으로 용도 변경을 해 준다는 말은 꼬리처럼 따라다녔다.

그런데 이런 종류의 물건을 접하고 보니 생각나는 사람이 있었다.

'아, 맞다! 곽영수 부장!'

퍼뜩 떠오른 이름이 영업 1팀의 팀장인 곽영수였다.

기억의 저편에서 출근 체크만 해 놓고 회사 몰래 하루 종일 이런 짓거리를 하고 다녔던 사람이다.

그 결과는 패가망신.

실적이 있을 리가 없으니 회사에서 권고사직을 당하고 집에는 생활비를 가져다주지 못하다 보니 아내에게 이혼까지 당했다는 소식을 들었었다.

'정신 상태가 그런 사람은 도와줄 필요가 없지.'

담용은 곽영수의 미래가 어떻게 되는지 알고 있지만 과감하게 내쳐 버렸다. 일확천금에 미쳐 있는 사람이라 말을 해 준다고 해서 들을 리도 없기 때문이다.

부동산업?

장담하건대 절대로 일확천금을 바라봐서는 안 되는 분야다.

뭐, 정말로 운이 좋아서 뜻밖의 횡재를 할 수도 있고 또 남들보다 풍족한 살림을 꾸려 나갈 수도 있겠지만, 그 역시 차근차근 이루어 나가는 과정에서 생기는 결과물이라 할 수 있다.

만에 하나라도 정도가 지나치다면 분명 언젠가는 사달이 날 수밖에 없다.

이익을 본 사람이 있으면 반면에 손해를 본 사람이 있기 마련이다. 손해액이 그리 크지 않다면 유야무야 넘어갈 수 있겠지만 반대로 손해액이 클 경우에는 분명히 불만을 가진 고소인이 발생한다.

바로 일확천금을 노린 작자들에 의해 생기는 사달인데, 피

해자는 부동산 중개인부터 붙잡고 늘어지는 것에서부터 손해배상을 시작하려 하는 게 당연한 일이다.

항간에 떠도는 말 중 부동산 중개업에 대해서 부정적인 게 적지 않다는 것을 안다.

그중에서도 가장 많이 떠도는 말.

─부동산 중개업자는 약간의 사기성이 있어야 돈을 벌지 양심적으로 하면 밥도 제대로 못 빌어먹는다.

뭐, 어찌 보면 일면 맞는 말인 것 같지만 천만의 말씀이다. 이는 부동산업이 부메랑과 같은 이치를 지닌 직종임을 모르고 하는 철부지들의 소리다.

부동산업에 종사하는 중개업자들은 고객의 전 재산이라 할 수 있는 부동산을 취급하는 전문 직종의 직업인이다.

고객은 전 재산이 걸려 있는 거래이다 보니 당연히 등기이전을 마칠 때까지, 혹은 주택이나 상가에 입주할 때까지 극도로 신경을 쓸 수밖에 없다.

이 과정에서 조금이라도 이상한 점이 발견되면 금세 들통이 나고 마는데 사기라니!

그야말로 언감생심이다.

고로 일확천금은 비뚤어진 직업관을 가진 일부 중개업자와 뜬구름을 잡으려는 고객이 합작하지 않으면 이루어질 수 없는 것이라 하겠다.

"사장님, 너무 뜬금없는 소리라……. 이쯤에서 정리를 한 번 해 보지요."

"그게 좋겠군. 나도 좀 거시기 해서 말이야."

"그러니까 오 본부장님이 전 세무서 서장이었다는 사람이 사무실로 찾아와 만났는데 판교동에 국유지 명의로 되어 있는 토지를 공시지가의 절반 가격으로 매입할 사람을 찾아 달라 했단 말이지요?"

"맞아. 오필언 총괄본부장의 말은 분명히 그랬어."

"서류를 확인한 후 만약 매입을 희망하는 사람이 있으면 먼저 10억을 준비해 자기들이 지정하는 은행에 예치를 하라고 했지요?"

"그렇지."

"매입자 명의로 예치하는 거고요."

"응."

"사장님은 10억이 어떤 용도라고 생각하십니까?"

"계약금의 일부이거나 아니면 매입자의 재력을 보려는 것이 아닐까 여겨져."

"뭐, 예치하게 되면 인적 사항이 노출되니 청와대에서 예금자의 재산을 파악하는 것이야 여반장이긴 하죠. 하지만 전 수수료라고 여겨지네요."

"수수료라고?"

"예, 그것도 중간에서 왔다 갔다 하는 사람들 몫의 수수료 말입니다."

"설마? 거래도 안 끝내고 수수료부터 챙기려고 할까?"

'후훗, 사장님도 의외로 순진한 구석이 있으시네.'

그냥 짐작해 본 형식이긴 했지만 기실 수수료가 맞다. 왜 냐하면 이다음에 나올 말을 예상하고 있기 때문이다.

─청와대에서는 수수료를 부동산 수수료 요율에 의해 지 급한다고 하니 천생 매입자 측이 수고한 사람들의 수수료를 지급해 줘야 합니다.

이렇듯 이들만의 교과서는 10년 동안 변함이 없는 말로 통 해 왔다.

"뭐, 아니면 말고요."

"하면 밑져야 본전이라 생각하고 자네가 한번 만나 보는 건 어때?"

"오 본부장님은요?"

"자신이 없다는군. 10억이야 마련할 수 있다 하더라도 토 지 매입가가 엄청날 것 아닌가?"

"적어도 수백억은 지니고 있어야겠지요."

"오 본부장에겐 그런 재력을 가진 사람이 없다더군."

"그러시다면 한번 만나나 보지요."

바인더북

"그래, 직접 만나 보고 결정해도 안 늦지."

손목에 찬 시계를 본 담용이 자리에서 일어섰다.

"에구, 늦었네요. 그만 가 보겠습니다."

"명문빌딩으로 가나?"

"예, 김동팔 사장을 만나서 단판을 지어야지요."

"수고하게."

명문빌딩.

집무실이 혼자 쓰기엔 무척 널찍했다. 그도 그럴 것이 김
동팔이 입주를 하고 가장 먼저 한 일이 자신의 집무실을 치
장하는 것이었으니 어쩌면 당연하다 하겠다.

그런데 야심 차게 꾸며 놓은 자신의 집무실을 오픈한 후,
개시 손님으로 방문한 사람이 별로 반갑지 않은 이라는 것이
문제였다.

바로 이 지역을 장악하고 있는 조직폭력배였으니 김동팔
은 지금 속이 썩어 문드러지고 있었다.

당연히 분위기는 한 떼의 껄렁패들이 방문한 이후로 미묘
한 공기가 흐르고 있는 중이었다.

한눈에 봐도 안색이 썩 좋지 않는 김동팔이었지만 그래도
겉으로 드러나는 표정은 썩은 미소를 짓기에 바쁜 모습이었

다. 척 봐도 노여움을 삭인 감정의 외면임을 알 수 있는 표정이다. 달리 표현하면 정제된 분노라 할 수 있었지만, 눈앞의 사내는 왕년의 황금 시절에서 한참이나 지나 버린 중년의 김동팔이 어찌할 수 있는 상대가 아니었다.

비록 이들이 까마득한 후배라지만 김동팔과는 출신 지역도, 뒷골목의 족보도 핏방울 하나 튀지 않은 사이라 더 그랬다.

조폭들도 김동팔이 '내 과거에 한가락 했네.'라는 말을 건성으로 믿어 주는 척할 뿐이었다.

김동팔은 주인의 자리에 앉아 있지만 꼭 낯선 자리에 앉은 것 같은 기분이었다. 그런 심정은 얼굴에 그대로 드러나 소주 서너 병은 들이부은 듯이 불콰해져 있었다.

소파에 기댄 채 탁자에 두 발을 걸치고 있는 거구의 사내.

바로 이 지역의 패자인 불곰이란 사내다.

게다가 불곰의 뒤에는 '떡대'들이 장벽처럼 꼿꼿이 서 있었으니 김동팔이 썩은 표정을 자아낼 만했다.

뭐, 그래 봤자 강남구를 장악하고 있는 동심회의 한 지역을 맡고 있는 중간 보스일 뿐이었지만, 김동팔로서는 찍소리도 못 했다.

"선배, 그동안 열심히 사기 치고 남의 등짝을 억수로 쳐대더니만, 마침내 이렇게 번듯한 빌딩을 차지했 뿌렀소잉. 정말 대단허요. 안 그냐, 짤방아?"

"옙! 형님 말씀이 무조건 옳습니다."

주먹과는 전혀 관계없어 보이는 비리비리한 사내가 불곰 옆으로 다가서며 살살거렸다.

"헤헤헷, 불곰 형님, 김 선배의 재주가 하늘을 찌릅니다요!"

"으흐흐흐, 글치, 글치? 내도 그리 생각하는 중이여."

비릿하게 웃음을 흘리던 불곰이 머리 뒤로 팔짱을 꼈던 팔을 풀며 말을 이었다.

"암튼 거듭 축하하요."

"고, 고맙네."

"그래서 하는 말인디…… 서두절판하고……."

"불곰 형님, 거두절미인데요?"

"아! 그냐?"

"예, 지금은 비즈니스를 하는 중이니까 전달할 말은 똑바로 하시는 게 좋지요."

"아참, 나가 시방 비즈니스 중이제. 역시 짤방 너는 내 거시기여."

"헤헷, 장자방이지요."

"뭐, 장자방이든 자지방이든 아무러면 어떠냐? 에…… 그건 글코, 선배."

"말하게."

"선배가 요로코롬 성공해 뿌렸응께 이 불쌍하고도 찌질한 후배들을 생각해서 쪼까 나눠 줬으면 하는디, 선배는 워떠케 생각허요?"

"나, 나눠 주다니? 뭘······?"

"아따, 시방 나가 뭔 소릴 하는지 모른당가요?"

"에이, 형님, 모를 리가 있어요? 김 선배 짬밥이 얼만데 그런 말을 못 알아듣겠어요? 자 자, 인내심을 가지시고 다시 말씀해 보시라고요."

'저노무 시키가?'

간신처럼 굴어 대는 짤방의 살살거림에 김동팔이 피가 거꾸로 치솟았지만 차마 겉으로 드러내진 못했다. 때리는 시어미보다 말리는 시누이가 더 밉다는데 지금이 딱 그랬다.

"어, 그렇지. 나가 너무 성급했구면."

"그럼요. 비즈니스는 성급해서는 곤란하지요."

"그람 워떠케 해야 쓰것냐?"

"히히힛, 요럴 때는 인내심이 엄청 중요하다니까요."

"그려, 짤방이 니 말이 맞는게비여."

"헤헤헷."

"케헴, 김 선배."

"마, 말하게."

"저그······ 지하층 말이오."

"지하층······."

불곰의 말에 김동팔은 입주하기 전까지 영업하고 있던 단란 주점을 내보낸 것이 생각났다.

"그게 왜……?"

"사실 우리 얼라의 깔치가 하던 업소였는디…… 선배가 내쫓아 뿌려다문서요?"

'이 새끼, 지 얼라 좋아하네. 공실인 걸 보고 거저먹자는 수작인 줄 내가 모를까 봐?'

빤한 수작임을 알지만 힘이 없는 김동팔은 속마음과는 다르게 열없는 웃음을 흘려 냈다.

"아아, 그게…… 내가 내쫓은 게 아니라 전 주인이 계약 기간이 만료돼서 명도를 요구해 비운 거라네."

"올라리요? 고것이 고로코롬 되얏던 거시요?"

"사, 사실이 그, 그러네만…… ."

떨떠름해하는 김동팔의 말에 안색이 확 변한 불곰이 짤방이라 불린 사내를 노려보았다.

"짤방아, 너 죽고 잡지?"

"예? 혀, 형님, 무슨 말씀을. 전 죽고 싶지 않은데요?"

"그란디 와 내게 엉뚱한 소릴 혔어?"

"예? 무슨 말씀인지……?"

"야! 이 짜슥아, 금세 귓구녕에 돌을 처박기라도 혔어?"

"귓구멍에 돌 안 박았는데요?"

"그람 방금 김 선배 말을 못 들은겨? 앙!"

"아따, 형님도 참……. 당연히 들었지요."

"근디 시방 저딴 헛소리가 왜 튀어나오는 거냐고? 새꺄!"

"와아! 형님도 참 무지 답답하요!"

퍽퍽퍽.

"아, 제가 몇 번이나 말해 줬잖아요. 김 선배가 전 주인이었던 차 여사한테 명도를 요구하는 조건으로 이 건물을 샀다고요."

"어? 그렸어?"

"워메, 내가 미쳐 뿔겠네."

퍽퍽퍽퍽.

"크험, 네가 이해혀라. 나가 요짐 똘끼가 쪼께 있잖여?"

"형님, 그건 똘끼가 아니라 치매라는 겁니다."

"짜슥아, 똘끼나 치매끼나 돌아 버리면 눈에 봬는 게 없는 건 마찬가지잖여?"

"헤헤헷, 그렇기야 하죠. 근데 그거 무지 큰 병이라 빨리 치료해야 되는데……."

"그기 말이다. 요기 없으니께 차일피일하다 보이 쪼까 더 심해져 뿌렀다."

불곰이 엄지와 검지로 동그라미를 만들어 보였다.

"하이구야, 크, 큰 탈이 났네. 이렇게 방치하다가는 우리 형님 골로 가게 생겼네."

불곰에게 알랑방귀를 뀌고 설레발을 치던 짤방의 눈빛이 돌연 독사처럼 변하더니 김동팔을 째려보았다. 가히 물리력이 있었다면 김동팔은 꿰뚫리고도 남았을 눈빛이다.

"쒸발, 이 바닥도 다 됐네. 이보쇼, 선배, 그 좀…… 선배라면 어려운 후배를 도와주는 것이 미덕 아니오? 욕심이 천하대방구구만 이거 엉?"

"어어? 뭐, 뭔 소리를……?"

짤방의 돌연한 말투에 심히 불안해진 김동팔이 엉덩이를 반쯤 들었다.

"닝기리, 귓구녕을 폼으로 뚫어 놨나. 아, 방금 들었잖아? 우리 형님이 지금 치매가 심해져도 돈이 없어서 병원에 못 간다고! 에이 씨팔! 눈치가 있는 거요, 없는 거요?"

퍽! 와당탕!

분을 못 이긴 짤방의 발길질에 발 앞의 의자가 저만치 나가떨어졌다.

"아, 아. 지, 진정하라고."

"내가 진정하게 됐소! 당장이라도 불곰 형님이 정신이 회까닥 돌게 된 판국에? 선배 같으면 가만히 있겠소?"

'씨불 넘이…….'

김동팔도 소싯적에 많이 해 본 짓거리라 이딴 수작들이 뭘 원해 하는 건지 빤히 읽고 있었지만 대놓고 밝히지는 못했다.

"김 선배, 이제 결정하라고. 지금 불곰 형님이 픽 쓰러지면 그때는 늦다는 것쯤은 알 거야."

한참 뜸을 들이더니 이젠 아예 반말투다.

그다음이 실력 행사라는 것쯤은 김동팔도 안다.

게다가 불곰이 일부러 픽 자빠질 수도 있다. 그때가 김동팔의 일생에 가장 큰 창피와 모욕을 당하는 순간일 것이다.

'젠장 할. 언놈이 꼰질렀는지…… 밝혀지기만 해 봐라. 절대로 가만 안 둔다.'

그 누구도 몰래 건물을 매입해서 온 길이다.

그래서 등기부등본에도 자신의 이름이 아닌 아내의 명의로 해 둔 참이었다.

그럼에도 불구하고 노출이 됐다는 건 누군가 정보를 흘렸다는 말이다.

"야, 억수야!"

"왜?"

짤방이 부르자 뒤에 섰던 덩치가 한 걸음 나섰다.

"아무래도 네가 나서야 해결되겠다."

"알따."

이로써 짤방의 역할은 끝이 났다.

'짤방'은 원래 '짤림 방지'의 줄임말로 본뜻은 사진이나 동영상 전용 게시판에 생뚱맞은 글을 올렸을 경우 삭제되는 것을 방지하기 위해 내용과 아무런 상관이 없는 사진이나 동영상을 올리는 것을 말한다.

이렇듯 짤방은 주먹보다는 주둥이로 한몫하는 그가 폭력

조직에 걸맞지 않는 존재이면서도 폭력배들과 같이 있다 보니 생긴 별명이었다. 그야말로 어떡하든 '짤림 방지'를 위해 애쓰는 짤방이 아닐 수 없다.

찰칵!

언제 꺼냈는지 억수라 불린 사내의 손에 잭나이프가 경쾌한 소리와 동시에 특유의 날카로움을 드러냈다.

그러자 미련이 남았는지 짤방이 한마디 덧붙였다.

"김 선배, 살을 찢고 뼈를 비트는 데야 절대의 독심인들 무슨 소용이 있겠소? 서로 흉한 꼴을 보기 전에 좋게 해결하는 게 어떻소?"

어르고 뺨을 치는 말이 아니어도 잭나이프를 보는 순간 김동팔은 진즉에 포기했던 마음을 내비쳤다.

"아아, 누가 뭐라고 했는가? 얘기는 다 들어 봐야 하지 않겠나?"

"어? 우리가 얘기 안 했던가요?"

"하, 하다가 말았지 않나?"

"히히힛, 불곰 형님, 비지니스를 마저 끝내야겠는데요?"

"짜식아, 와 그리 성급하게 굴어서 선배를 곤란하게 하는 거여?"

"죄, 죄송합니다. 충성심에서 그만⋯⋯."

"됐고. 선배, 인자 얼추 점심시간도 됐고 하니 사업 얘기나 마저 해 봅시다."

"그, 그러지."

'씨부랄, 부수고 다시 지으려고 했는데…….'

그렇게 하면 훨씬 더 많은 이익을 가져다주는 건물이라 한 푼 깎아 보지도 못하고 구입했던 터였다.

"짤방아, 선배께서 우리한테 한턱 쏘신댄다. 마침 출출한디 쩌거 중국집에 전화혀서 청요리 좀 시켜 봐라."

"예, 형님이 좋아하시는 팔보채와 양장피로 시키겠습다."

"아그들 것도 시켜. 간만에 목에 때 좀 베끼야 할 것 아녀?"

"하이고야. 어찌 고로콤 공자님 같은 말씀만 하신대요. 알았씀다. 선배, 괜찮지요?"

"아아, 그, 그렇게 하게."

"히히힛, 좋구만이라. 진즉에 그렇게 나왔으면 좀 좋았소?"

'날강도 같은 새끼들…….'

하는 꼴로 보아 이놈들은 조폭이 아니라 생양아치다.

김동팔은 눈앞의 형편 무인지경인 놈들에게 상가도 뺏기고 밥도 사 줘야 하는 처지가 된 것에 울화통이 터졌지만, 가까스로 참아 내느라 혈압이 오를 대로 올랐다.

그래도 딱 쓰러지지 않을 만큼 혈압이 올랐다는 것이 다행이라면 다행이었다.

어쨌거나 살벌했던 분위기가 화기애매해질 즈음 담용이

명문빌딩을 방문하려 하고 있었다.

담용이 KRA에 입사해 가장 먼저 거래를 성사시킨 부동산
이 바로 눈앞에 보이는 명문빌딩이다.

거래 금액이 120억에다 용역비가 2억으로, 입사 초년생치
고는 '잭팟'을 터트린 격이라 하겠다.

회사의 입금 금액인 30퍼센트를 제하고 나면 1억 4천만 원
이다.

물론 세전 수익이라 실수령액은 이 금액에서 좀 더 감해진
다.

명문빌딩은 삼성역 역세권인 한국전력 바로 옆의 건물로,
썩 활발한 유동인구를 가진 지역은 아니지만 그리 나쁘지 않
은 위치였다.

담용의 사무실에서도 그리 멀지 않아 영동대로만 건너면
닿을 거리다. 고로 금세 도착한 담용은 명문빌딩에 가까이
다가갈수록 요상한 분위기가 느껴지는 것에 의아해했다.

'뭐야 저놈들은?'

웬 덩치들이 건물 입구에 늘어서서는 담배를 뻑뻑 피워 대
는 통에 담배 연기가 자욱했다.

깍두기 머리에 껄렁껄렁해 보이는 모습으로 보아 이 지역

을 장악하고 있는 깡패들 같았다. 자기네들은 조폭이라고 부르지만 항간의 사람들은 그냥 깡패 아니면 양아치로 취급하는 천하에 쓸데없는 놈들이다.

'에구, 척 봐도 이 나라에 하등 이득도 안 되는 놈들이군. 하여튼 깍두기들은 1백 미터 밖에서도 표시가 난다니까. 하기야 그걸 자랑이자 명예로 아는 놈들이니 어쩔 수 없는 건가?'

깍두기들을 보니 문득 강인한과 명국성 그리고 그 수하들이 생각났다.

'이놈들은 공부를 잘하고 있는지 모르겠네.'

새삼 생각해 보니 그동안 서로가 연락이 뜸했다는 느낌이다.

'짬을 내서 한번 가 봐야겠군.'

뭐, 연락을 자제한 건 공부하는 데 방해가 되지 않으려는 의도였다지만, 시험 일자가 임박한 지금 사기 진작을 위해서도 식사 정도는 같이할 필요가 있었다.

활동비, 아니 생활비야 심종석을 통해 지급하고 있으니 생활하는 데는 별 어려움이 없을 터였다.

강인한을 비롯한 아이들에 대한 담용의 생각은 단순했다. 주먹을 쓸 때는 쓰더라도 먼저 머리에 뭐라도 욱여넣은 상태에서 쓰자는 것.

그러려면 적어도 실업계 고등학교는 나와야 사람 구실을

할 수 있을 것이고, 또 무엇을 하더라도 떳떳하지 않을까 하는 생각에서 시작된 것이다.

배운 것 없이 머리에 똥만 잔뜩 들어 있다 보니 써먹으려 해도 써먹을 데가 없는 애들이었다. 그러니 당장 인재가 필요한 담용은 갑갑했던 것이다.

무엇보다도 믿을 만한 녀석들이라는 점 때문에 돈과 시간을 투자해도 아깝지 않다는 생각이었다.

'검정고시 일자가 언제지?'

거기에 대해서는 아무리 머리를 굴려 봐도 정보가 전혀 없었다. 검정고시를 보거나 생각했던 적이 없어서다.

'그래, 생각난 김에 전화나 해 보자.'

또 미루다가는 만나는 것은 고사하고 목소리를 듣기에도 부지하세월이 될 것 같았다.

휴대폰을 꺼낸 담용이 그 즉시 강인한에게 전화를 걸었다.

신호가 가고 예의 툴툴거리는 강인한의 음성이 들려왔다.

─워따메, 큰형님께서 우짠 일로다가 전화를 다 했대요?

"인한이, 너…… 지금 비꼬는 거지?"

─헤헤헷. 천만에요. 제가 누구를 엄청 보고 싶어 할 때 그런 말투를 쓰는데, 비꼬는 말로 들렸어요?

담용의 착 가라앉은 어조에 뜨끔했는지 얼른 원래의 말투로 돌아가는 강인한이다.

"너 자꾸 그렇게 비딱하게 나오다간 초죽음이 되는 수가 있다."

－넵, 죄송합니다!

"좋아, 이번에도 넘어가도록 하지."

－감사합니다!

"공부는 어떠냐?"

－그럭저럭 합격선은 될 것 같아요.

"다른 애들은?"

－작두가 머리가 좀 돌팍인 걸 빼고는 다들 괜찮은 편이에
요.

"그걸 어떻게 알아?"

－큰형님도 참, 학원에서 시험을 보니까 아는 거죠.

"아참, 그렇지."

－게다가 짱돌 녀석이 얼마나 갈구는지, 그 자식 등쌀에
하지 않고는 못 배겨요. 이게 모두 큰형님 때문이라고요.

"짜식아, 상수한테 들어가는 과외비가 얼마나 비싼데 허
술하게 가르치겠냐?"

－에이, 그래도 위아래는 알아봐야지, 이놈은 아주 막무가
내라고요.

"시끄러! 짜샤, 공부를 가르치면 사부님인데, 어디 덤비려
고 그래! 그랬다가는 아주 죽을 줄 알아."

－칫! 안 그래도 맨날 큰형님 핑계를 대며 갈궈 대서 전부
다 찍소리도 못 해요.

바인더북

"명 사장은 어때?"

ㅡ크크큭.

"얌마, 왜 웃어?"

ㅡ국성이 형님은 뒤늦게 바람이 불었어요.

"호오, 그래?"

ㅡ예, 밤낮으로 엄청 쪼아 대요. 마치 공부하고 원수가 진 사람 같아요.

"헐! 그 정도야?"

ㅡ지금은 비록 중학교 검정 시험이지만, 내년 여름까지는 고등학교 검정 시험을 끝내겠다는 각오예요.

"거참, 공부에도 늦바람이 있는 줄 몰랐네. 어쨌든 열심히 한다니 기분은 좋다."

ㅡ바꿔 드릴까요?

"아니다, 나중에 보도록 하지. 멀대는?"

ㅡ멀대 형은 대입 시험을 준비하고 있어요.

"뭐? 대, 대입 시험?"

ㅡ예, 고향에서 농고를 나왔다고 그쪽 방면으로 전공을 했으면 하더라고요.

"그거 잘됐다. 멀대에게 전해라, 내가 팍팍 밀어줄 테니 열심히 하라고."

ㅡ옙!

"아참, 시험이 언제지?"

-내일모레, 글피요.

"뭐? 그럼 일요일이란 말이냐?"

　-예, 학생들 방학 기간 동안에 시험을 보는 거죠.

"허참, 벌써 그렇게 됐나? 시험을 치기 전에 회식이나 한 번 하려고 했더니 너무 촉박하구나."

　-히히힛, 술 마시고 어떻게 시험을 본다고 그래요? 시험 끝나고 사 주시면 되죠.

"아무래도 그래야겠다."

　-예, 큰형님이 날짜를 잡아 주시면 저희가 식당을 정할게 요.

"시험이 몇 시쯤에 끝나지?"

　-오후 3시 40분이면 끝나요.

"몇 과목인데?"

　-전부 일곱 과목요.

"알았다. 그럼 시험 끝나는 날로 잡지 뭐."

　-히히힛, 알았어요. 고급 음식점으로 잡아도 되죠?

"그래, 한정식 요정하고 여자가 접대하는 집만 빼고."

　-여자는 애들한테 용돈을 주면 자기네들이 알아서 할 테 니까 신경 쓰지 마세요.

"알았다. 그럼 시험 잘 봐라. 애들에게도 전해 주고."

　-옙!

바인더북

불곰을 동생 삼다

"어이, 잠깐!"

"……?"

담용이 빌딩 안으로 들어가려고 하자 동글동글한 인상의 떡대 하나가 앞을 턱 가로막고는 담배 연기를 담용의 얼굴에다 대고 훅 불어 냈다.

"아그야, 여그는 시방 출입 금지 지역이니께 걍 돌아가 보더라고."

노골적으로 얼굴에다 대고 담배 연기를 뱉어 내는 떡대의 행동에 담용은 슬쩍 한 발 비키면서 어눌한 어조로 말했다.

"약속이 되어 있는데요?"

"어허, 약속이고 나발이고 시방은 면담이 어렵다니께 그러네. 거참, 동태 눈깔이냐? 가게가 텅텅 비어 뿌린 거 안 보여? 영업 안 한다고, 이 답답아."

"나야 뭐…… 영업하고는 상관없는 약속이니까……. 그럼 수고하쇼."

떡대를 슬쩍 비켜서 건물 안으로 들어가려는 담용의 앞을 또 한 명의 덩치가 막아섰다.

"이런 존만이 시키가! 못 들어간다면 못 들어가는 줄 알아들을 것이지, 으이그, 기냥 콱!"

주먹으로 귀싸대기를 한 대 칠 기세로 폼을 잡는 덩치의 코에서 콧김이 드세게 뿜어져 나왔다.

그러나 한 대 치려니 눈치가 보이지 않을 수 없었다.

그도 그럴 것이 지금은 점심시간이었다. 그러지 않아도 건물 출입구에 네 명의 깍두기 머리가 담배를 뻑뻑 빨아 대며 진을 치고 있는 마당이라 점식 식사를 하러 나온 인근의 직원들이 불안한 기색으로 멀찌감치 돌아서 가는 형국이다. 즉, 말썽을 피우면 곧바로 엎어지면 코 닿을 거리에 있는 강남경찰서에 신고가 들어갈 게 자명한 일이라 그런 어리석은 일을 벌일 수는 없었다.

아무리 제 주먹을 믿고 제멋대로 살아가는 깡패라도 눈치가 보이는 상황인 것이다.

그래서 주먹을 들었지만 차마 때릴 수가 없었던 덩치다.

그런데 그렇게 잠시 갈등을 하고 있을 때, 오히려 담용이 이쯤에서 더 이상 어눌해 보이고 싶은 생각이 없었던 것이 문제가 됐다. 담용이 그만 언제라도 한 대 칠 기세인 덩치의 콧잔등에다 전광석화같이 주먹을 내밀었던 것이다.

뻑!

"꺼억!"

코뼈가 부러지는 감촉이 느껴지는 순간 억눌린 신음과 함께 덩치가 코를 감싸 쥐고 주저앉았다.

"아, 아니! 저 시키가!"

가장 먼저 담용을 막아섰던 떡대가 해머 같은 주먹을 내밀며 담용의 얼굴을 가격해 왔다.

"늦어, 짜식아."

상체만 살짝 틀어 비껴 선 담용이 손날로 떡대의 팔목을 가격함과 동시에 오른발로 정강이를 차 버렸다.

뿌각!

정강이뼈가 부러지는 소리가 선명하게 들린 순간, 떡대 역시 그 자리에 주저앉았다.

"저, 저…… . 야, 짱구, 같이 덤비자!"

"바라던 바다!"

두 동료가 고꾸라질 때까지 신경도 안 쓰고 있던 두 사내가 막상 상황이 이상하게 전개되자 성난 황소처럼 달려들었다.

"허이구, 무식하다고 자랑하나. 덤비더라도 상대를 좀 살펴보고 덤벼야지."

뭐, 이해는 간다. 그도 그럴 것이 어쩌고저쩌고하며 말 몇 마디로 내쫓을 것이라 여겼을 것이다. 한데 삽시간에 일이 엉뚱하게 벌어지자 다짜고짜 덤벼들 수밖에 없었을 터.

그래서인지 싸울 때 전매특허처럼 지니고 다니던 무기는 들지 않았다.

이즈음 삼삼오오 짝을 지어 점심 식사를 하러 밖으로 나오던 남녀노소들이 난데없이 발생한 거리의 활극에 구경꾼으로 나서고 있었다.

구경 중에서도 제일로 여기는 것이 싸움구경과 불구경이라고 했던가?

그것도 공짜로 볼 수 있는 구경거리를 마다할 사람은 아무도 없을 것이다.

이를 증명이라도 하듯 삽시간에 모여든 구경꾼들은 물론 빌딩마다 창문 너머로 구경하는 사람들도 제법 늘어났다.

'나참, 벌건 대낮에 뭔 뻘 짓이래?'

창피한 생각이 들었지만 굳이 피하고 싶은 마음은 없었다.

그 이유는 2000년도에는 동영상 기능이 내장된 휴대폰이 없기 때문이었다.

그렇게 담용의 얼굴이 뜨뜻해질 때, 사내의 입에서 책임질 수도 없는 말이 튀어나왔다.

"죽어, 새꺄!"

간발의 차로 먼저 짓쳐 온 사내가 담용의 허리를 잡으려고 태클을 해 왔다. 딱 보니 레슬링 계통에서 물을 좀 먹은 품새다.

"하! 이건 뭐…… 선불 맞은 멧돼지 같은 놈일세."

사내의 두 손이 허리에 닿으려는 찰나다.

스슥.

번개같이 스텝을 밟아 옆으로 비껴 선 담용이 발끝으로 토 킥을 하듯 사내의 목을 툭 쳤다.

떨꺽!

가장 취약하다 할 수 있는 목 부분에 충격을 받은 사내가 외마디 비명을 토해 냈다.

"캑!"

굳이 강하게 가격할 필요 없이 가벼운 토킥으로도 사내를 무기력하게 만들기 충분했는데, 목의 충격으로 일시적이나 마 기도가 막힘으로써 전의를 상실케 할 수 있음이다.

자연 목을 움켜쥔 사내가 짧은 외마디 비명을 토하며 무릎을 꿇을 때, 뒤이어 들이닥친 덩치의 기세가 읽혔다.

"쯧, 이놈은 꽁지에 불붙은 멧돼지고."

어쩜 그리도 한결같은지 허리를 잡아채 오는 사내 역시 저돌적인 건 앞선 사내와 다를 게 없었다. 이러려고 밥만 먹으면 헬스클럽에서 근육을 키워 대는 모양이다.

하지만 내력이라 할 수 있는 차크라의 기운을 지닌 담용이 근육만을 키워 덩치를 부풀린 작자들과 같은 급일 수는 없었다.

이번에는 담용도 피하지 않고 격돌하듯 마주쳐 갔다.

퉁기듯 쇄도해 들어간 담용은 짧은 순간 덩치의 품으로 안기듯 파고들었다.

"으흐흐흐, 아주 허리를 분질러 주마."

하지만 그것이 착각이라는 것을 사내는 몸으로 느껴야 했다.

'마' 자가 끝나는 순간, 어느새 담용이 주먹을 내질러 사내의 턱을 쳐올림과 동시에 무릎으로 복부를 찍어 버린 것이다.

'털컥' 하고 제대로 걸린 주먹질에 이어 '퍽' 하고 니킥이 작렬하자 덩치의 사내는 정신을 잃고 말았다.

이렇듯 일련의 격투는 채 다섯 호흡이 지나지 않아서 종결되어 버렸다.

담용이 슬쩍슬쩍 건드렸다지만 차크라의 기운이 스며든 탓에 해머에 맞은 것보다 충격이 더 컸으면 컸지 절대 적지 않았다. 산만 한 덩치들이 신음을 흘리며 제대로 운신을 하지 못하고 꿈틀대는 것만 봐도 알 수 있는 일이었다.

주변의 구경꾼들은 순식간에 끝난 거리의 활극에 실망할 법도 했지만 전혀 그런 반응이 아니었다.

"우와, 싸움 귀신이네!"

"와아! 호리호리한 사람이 네 명이나 되는 덩치를 이기다니, 대단하네."

"엄머머! 깡패들을 이겼어! 멋지지 않니?"

"옴마나! 옴마나! 너무 너무 멋지다."

"와! 기똥차게 싸우네. 독고다인가?"

"영철 씨, 독고다이가 뭐예요?"

"아! 조직이 없이 혼자 떠돌아다니는 사내를 두고 하는 말이야. 마치 그 옛날 시라소니 같은 주먹잡이처럼."

"시라소니는 또 누군데요?"

"에혀, 영미 씨, 그냥 밥이나 먹으로 갑시다."

그렇듯 구경꾼들의 입에서 탄성이 터져 나올 즈음 담용은 이미 건물 안으로 사라지고 없었다.

건물로 들어선 담용의 손에 휴대폰이 들린 것으로 보아 그새 누군가에게 전화를 한 듯했다.

꾸욱.

엘리베이터의 버튼을 누른 담용은 벽에 기대더니 신호가 떨어지자마자 곧장 입을 열었다.

"명 사장, 나 육담용이오."

ㅡ아! 형님, 오랜만입니다.

"공부는 열심히 하고 있다고 들었소."

ㅡ하하핫, 뒤늦게 주책을 부려 보긴 하는데, 잘 안 되네요.

"배움에도 다 때가 있으니까요. 그건 그렇고…… 내가 좀 바쁘니 하나 물어봅시다."

─예, 말씀하시지요?

"강남구를 장악하고 있는 조직이 있소?"

─그야 당연하지요.

"최대한 간략하게 얘기해 보시오."

─동심회란 조직이 장악하고 있습니다. 보스는 마흔여덟 살의 남창남이란 자로, 근거지는 뉴스타 호텔입니다.

"인원은요?"

─어중이떠중이들을 포함하면 대략 2백 명은 될 겁니다. 정예는 그 절반 정도고요.

"내가 있는 곳이 삼성역 한전 부근인데, 이곳을 맡고 있는 자가 누군지 알고 있소?"

─아아, 불곰입니다. 만나 보지 못해 잘 모르지만, 한때 레슬링 선수였다는 소문입니다.

"동심회에서의 위치는요?"

─삼성역 역세권을 맡을 정도면, 못해도 서열 5위 안에는 들어갈 겁니다.

"서초구에도 동심회 같은 조직이 있었소?"

─없습니다. 결성하려다가 의견들이 맞지 않아서 포기했지요. 강남구도 동심회란 이름이 말하듯이 군소 조직이 모여 결성한 것에 불과하니까요.

"혹시 서초구를 넘보거나 한 일은 없었소?"

결집된 조직이 모래알처럼 제각기 노는 조직을 노릴 법도 해서 하는 말이다.

　-향후로는 그럴 수도 있을 겁니다만, 아직은 아닙니다. 왜냐하면 밀레니엄 해를 앞두고 결성된 조직이라 아직은 결속력이 다져지질 않아서요.

　조직의 역사가 짧아 아직은 아수선한 분위기란 뜻이다.

　"하면 작년에 결성이 됐단 말이오?"

　-예.

　"흠, 잘 알았소."

　-혹시 제가 도울 일이라도……?

　"살짝 건드릴 일이 있긴 한데, 아직은 어찌 될지 알 수 없소."

　-하하핫. 뭐, 일인군단이시니까 별로 걱정은 안 됩니다만…….

　"그래도 혹시 청할 일이 있으면 그리할 테니 지금은 공부나 열심히 해요."

　-알겠습니다.

　"그럼 시험 끝나고 봅시다.

　-예, 그럼…….

　탁!

　폴더를 닫은 담용은 마침 '띵' 소리를 내고 열리는 엘리베이터 안으로 들어섰다.

잠시 후, 엘리베이터 문이 열리고 가장 먼저 눈에 들어온 것은 예의 덩치 두 명이 출입문을 막고 선 모습이다.

'이런 제길…… 여기도 하나같이 떡대들이군. 불곰이 레슬링 선수 출신이라더니, 부하들도 죄다 그런 놈들만 모아 놨나 보네.'

짧고 굵은 체격에 바윗덩이 같은 어깨 근육이 이를 대변하고 있었다.

뭐, 레슬링만 해 오다가 더 이상 장밋빛 미래를 그려 볼 수 없게 된 후배들을 끌어당겼다면 충분히 그럴 수 있을 것 같았다. 그래 봤자 저런 신체 조건으론 맷집을 장점으로 하는 '몸빵' 정도밖에 할 수 없을 것이지만.

"어? 저 자식은 뭐야?"

"이봐, 여기 어떻게 들어왔어?"

두 덩치는 담용과 눈이 딱 마주치자 살짝 당황하는 표정이다.

"아무도 들이지 말랬는데……. 꼴통 새끼, 일을 어떻게 하는 거야?"

"이미 들어왔는데 그런 말이 무슨 소용이야? 얌마, 너 여기 왜 왔어?"

"쥐 터지기 전에 당장 꺼져, 짜샤!"

"쓰벌 놈들이 싸래기 밥만 처먹었나, 만나는 새끼들마다 입이 시궁창이네."

"뭐, 뭐? 싸래기 밥?"

"시, 시궁창? 이런 존만이 새끼가?"

"에구, 지겹다."

담용은 인상이 살짝 비틀렸지만 팔짱을 끼며 여유를 가졌다.

"이봐, 볼일만 잠깐 보고 갈 테니 잠시 비켜 주지그래."

"하! 그 새끼 말귀를 못 알아듣는 놈일세."

"야야, 볼 것 뭐 있어? 형님이 알면 골치 아파져, 빨리 내보내!"

"씨불. 너 이 새끼, 일단 좀 맞자."

성큼성큼 다가온 떡대가 어디로 보나 상대가 안 될 것 같았는지 담용의 멱살부터 잡아 왔다.

그야말로 자신의 능력을 과대평가한 나머지 세상 무서운 줄 모르고 나대는 꼴이다.

고로 완전한 무방비 상태.

그냥 '나를 잡아 잡수.' 하는데 이를 그냥 두고 볼 담용이 아니었다.

슉! 뻐억!

짧게 끊어 치는 주먹에 또다시 코뼈가 주저앉는 감촉이 왔다.

"아욱!"

덩치만 크면 뭐하나, 신체 중에 지극히 작은 부위인 코만

박살 나도 저항력을 상실해 버리는 몸뚱어리인걸.

코를 감싸 쥐고 주저앉는 떡대의 어깨에 손을 짚은 담용의 오른발이 팔짱을 낀 채 멀거니 구경만 하고 있는 사내의 면상으로 뻗었다.

퍽!

"커억!"

담용의 발길질 한 방에 비명을 터뜨리며 뒤로 나자빠지는 덩치가 마치 허깨비처럼 느껴졌다.

그러나 곧 그 여파는 담용의 타격력과 덩치의 무게를 이기지 못한 출입문이 박살 나는 것으로 나타났다.

쾅! 콰지직!

이내 네 활개를 펴고 넘어진 덩치의 너머로 실내가 환히 드러났다.

"어? 뭐, 뭐야?"

가장 먼저 반응을 보인 사람은 뒤로 물러나 있던 짤방이었다.

김동팔 사장이나 불곰 등은 '쾅' 하는 소리와 더불어 그저 난데없고, 어이없어하는 표정들이다.

하나, 담용은 이마저도 싹 무시하고는 김동팔을 향해 손을 들어 보이며 하얀 이를 드러냈다.

"김 사장님, 오랜만입니다—!"

"어, 어? 자네가 여긴……."

지극히 당황스러운 표정을 자아내는 김동팔이 불곰의 눈치를 살피고는 더듬거렸다.

"여, 여긴 어쩐 일인가?"

"에이, 어쩐 일이긴요? 밀린 돈 받으러 왔죠. 근데 건물 입구부터 환영 인사가 영 아니던데요? 여기도 그렇고…… 무슨 일이 있는 겁니까? 제가 알기로 소싯적 일은 은퇴한 걸로 아는데요? 제가 잘못 알고 있었나요?"

일부러 수다를 떨며 안으로 들어서던 담용이 앞을 가로막은 채 도끼눈을 뜨고 노려보는 짤방의 뺨을 툭툭 쳤다.

"어이, 사람이 지나가면 비켜 주는 게 예의지."

"이런 쌍……."

툭!

"그 주둥이 닥치는 게 좋을 거다."

담용의 손바닥이 짤방의 입을 살짝 때리고 지나갔다.

"이이…… 개놈의 새끼가……."

"쩝, 이 동네는 주둥이들이 전부 개차반인 놈들만 모여 사나? 그래, 그다음은 뭔데?"

"이런 개새……."

"호오, 개새끼라고? 너도 참…… 매를 부르는 주둥이를 가지고 있구나."

철썩!

"아악!"

참으로 오랜만에 공포의 손바닥을 드러낸 담용이다. 고로 귀싸대기 한 방에 새된 비명을 지른 짤방이 저만치 나가떨어 졌다. 손바닥으로 느껴지는 감촉으로 보아 족히 이빨 서너 개는 새로 해 넣어야 할 것 같았다.

"엇! 짜, 짤방! 아니, 이 새끼가 어디서……."

짤방이 개구리처럼 패대기쳐지는 모습을 본 억수란 사내 가 다짜고짜 한 발 앞으로 내딛더니 들고 있던 잭나이프로 담용의 가슴을 찔러 왔다.

쉬익!

원래 칼을 잘 쓰는지 유연한 몸놀림에 이어 속도가 빨랐 다.

"헐! 위험한 장난감까지……."

여유 있게 말을 내뱉으며 간발의 차로 슬쩍 몸을 비튼 담 용이 물러나기보다 오히려 오른발을 미끄러뜨리며 다가섰 다. 이어서 오른손으로 잭나이프를 쓰다듬듯 하며 미끄러진 다 싶더니 억수의 상박근을 꽉 붙잡았다. 그리고 달려드는 힘을 이용해 벼락같이 잡아챔과 동시에 엉덩이를 쑥 밀어 넣 어 번개 같은 한 팔 업어치기를 시도했다.

쿵-!

"끄아아아-!"

강력한 업어치기 한 방에 전신이 산산조각 나는 듯한 통증 이 일어 절로 비명이 터져 나오는 억수다.

하지만 담용의 독심은 여기서 그칠 게 아니었다.

"흥! 상대에게 칼부림을 할 때는 그만한 각오를 한 것으로 믿겠다."

콱!

어느새 잭나이프를 빼앗아 든 담용이 사정없이 억수의 손등에다 그걸 찍어 버렸다.

"끄아아악!"

온몸이 가닥가닥 끊어지는 듯한 기분에 가뜩이나 정신이 다 혼몽할 지경인데 손등마저 꿰뚫려 버리자 처절한 비명이 토해졌다.

극도의 통증에 몸부림을 쳐 대는 억수는 일어서지도 못했다. 이유는 붉은 카펫만 깔렸지 실제로는 콘크리트 바닥임에도 불구하고 잭나이프가 깊이 박혀 버렸기 때문이었다.

당연히 꿰뚫린 손목만 부여잡은 채 오열할 수밖에.

"끄끄끄……."

그야말로 삽시간에 벌어진 일이라 불곰이나 그 수하들은 그저 눈만 끔뻑끔뻑했다.

그중에서도 김동팔 사장의 안색은 담용의 지독히도 잔인한 행동에 그만 허옇게 떠 버렸다. 아울러 담용이 이런 사람임을 전혀 몰랐다는 기색이 역력한데, 이어 겁을 집어먹은 표정이다.

그도 그럴 것이 만만하게만 봤던 담용이 엄청난 싸움꾼에다 무지 잔인하다는 것을 직접 눈으로 봤으니 오금이 저릴 터였다.

게다가 이 지역을 장악하고 있는 조폭들을 단숨에 거꾸러뜨리는 것도 모자라 아예 병신을 만들어 놓고 있으니, 간이 콩알만큼 쪼그라들었다.

뒤늦게 소파에 늘어져 있던 불곰이 엉거주춤 일어서고 수하들이 우르르 몰려나와 담용을 둘러쌌다.

막 드잡이가 시작되려는 찰나, 불곰의 입에서 고함이 터져 나왔다.

"기다려!"

"어이, 거기 깡패 두목, 애부터 치료하는 게 어때?"

이죽거리는 말투에 눈을 힐끗 치켜뜬 불곰이 담용을 한참을 째리더니 말했다.

"만근이는 억수를 돌봐 줘라."

"예."

지시를 내린 불곰이 소파를 뒤로하고 천천히 담용에게 접근했다.

"잔인한 놈이군."

"풋! 어째 말투가 누군 로맨스고 누구는 불륜이란 말로 들리는군."

"뉘 밑에 있는 놈이여?"

"나참, 볼일 좀 보기가 왜 이리 어려워? 그리고 네 녀석이 무슨 자격으로 내 신상을 파고드는데?"

"하! 이넘 이거 죽고 싶어 환장한 넘 아녀? 아니면 원래부
텀 미친넘이던가."

"풋! 난 네깟 녀석 따위에게 볼일 없어. 김동팔 사장만 만
나고 갈 테니 좀 비켜 줄래?"

"뭐시여? 네, 네깟 녀석 따위?"

"그럼 깡패한테 뭐라고 부르냐? 인간 같지도 않은 놈들에
게 말을 붙여 주는 것만도 고맙게 생각해야지. 자 자, 시간이
없으니 내가 볼일을 볼 때까지 좀 찌그러져 줄래?"

담용의 계속된 이죽거림은 결국 불곰의 절대 건들지 말아
야 할 뚜껑을 열어 버렸다.

담용으로서는 다분히 의도적인 행동과 말투였다. 이유는
기왕에 나선 바에야 대충 끝낼 생각 따위는 없었고 끝장을
볼 작정을 한 것이다.

폭력을 대충 어루만지면 더 큰 폭력이 양산된다. 고로 더
압도적인 폭력으로 다스려 후환을 아예 없애 버려야 뒤탈이
없는 것이다.

할 일이 산더미같이 쌓였는데 이런 쓸데없는 양아치들과
놀아 줄 시간이 어디 있겠는가?

어쨌거나 화가 머리 꼭대기까지 난 불곰이 으르렁거렸다.

불곰이 코에서 '후웅' 하고 증기기관차에서 연기가 솟듯 세
찬 콧김이 뿜어졌다.

"이런, 개호로자식이……. 뭐 해, 조져 버리지 않고!"

"옛!"

"저 새끼 꽉 붙들어!"

"우라질 새끼, 아주 회를 떠 주마."

철컥!

또다시 잭나이프가 손에 들렸다. 회를 떠 주겠다는 말이 놈의 입에서 튀어나왔다.

'미친놈, 사람을 회 떠서 뭐에 쓸려고?'

감당도 하지 못할 말을 함부로 내뱉는다.

'깡패들이 국개의원 사촌쯤 되나?'

국개의원들이야 아무런 책임 의식 없이 공약空約을 남발해 대는 무리라지만, 그들과 쌍둥이처럼 닮은 공약을 깡패들 역시 내뱉고 있다는 것에 더 화가 나는 담용이다.

'씨불 넘들, 닮을 놈을 닮아야지…….'

뭐, 겁을 먹고 가만히 있는 놈을 치는 것보다 덤벼드는 놈이 더 편하긴 하다.

"후훗, 결국 해보겠다 이거지?"

'지' 자가 끝나는 순간, 담용의 신형이 별안간 고무줄처럼 늘어나는 착각이 들만큼 빨라졌다.

공격하기를 기다리기보다 선공이 유리한 것이야 누구라도 다 아는 일.

방향은 먼저 우측에 잭나이프를 든 덩치 쪽이었다.

"앗! 이놈이……."

섬전 같은 속도로 다가드는 담용의 쇄도에 잭나이프를 손에 쥔 사내가 얼떨결에 손을 휘둘렀다.

하지만 어느 결에 '턱' 하고 손목이 잡힌 사내는 팔이 뒤로 꺾이며 몸이 따라 돌았다. 이어서 순간적으로 위로 확 채 버리는 강력한 힘에 의해 '뚜둑', '뚝' 하고 팔꿈치 관절은 물론 어깨관절까지 모조리 부러져 버렸다.

"끄끄끅!"

비명을 지르지도 못할 정도의 극통을 억눌린 신음으로 대신하는 사이 몸이 빙글 돈다 싶더니 '퍽' 하고 동료와 부딪치고 말았다.

0.1톤이 넘는 몸뚱어리들의 충돌 결과는 적지 않은 데미지로 다가와 몽롱한 정신이 되어 나동그라졌다.

"이 새끼, 잡았다!"

"홍! 어딜!"

팍! 뿌득!

허리를 붙잡은 사내의 발등을 꽉 찍자, 발등이 부서지는 소리가 선명하게 들려왔다.

"으아아아–!"

사내는 부서진 발을 부여잡고 깨금발을 뛰어 댔다.

그사이 담용의 지척으로 다가선 주먹 하나.

기척을 느낀 담용은 피할 새가 없다고 느껴 주먹 대 주먹으로 맞받아쳤다.

주먹과 주먹의 충돌은 누구나 생각하는 그대로였다.

뿌걱!

차크라의 기운을 머금은 담용의 주먹은 샌드백을 수만 번 쳐 댔다고 해서 감당할 수 있는 것이 아니었다. 손가락에 이어 손목까지 박살이 난 사내는 고통이 얼마나 심했는지 비명은커녕 신음조차 내지 못하고 푹 고꾸라졌다.

그렇게 눈 깜짝할 사이에 벌어진 일련의 격투는 담용의 발길질과 주먹질에서 섬뜩한 기음이 들릴 때마다 뭔가 꼭 하나씩 꺾이고 부러지는 결과를 낳았다.

그러자 동료의 상태를 살피던 만근은 상황이 금세 끝나 버려 덤벼들지도 못하고 엉거주춤한 자세로 불곰의 눈치만 보고 있었다.

네 명의 덩치가 다구리를 놔도 상대가 안 되는 상황에서 그 혼자 달려들어 봤자 결과가 빤한 일임을 어찌 모를까?

불곰도 이를 알기에 차마 내세우지 못하고 고리눈만 있는 대로 키우고 있었다.

아무리 불곰이라도 덩치 네 명을 한꺼번에 어찌해 보기는 어려웠다.

사실 수하들이 모두 학교 후배들이다 보니 불곰이라고 실력이 더 뛰어난 것은 아니었다. 단지 선배로서 먼저 뒷골목 바닥에 뛰어들었다 보니 서열이 앞선 것일 뿐이었다.

선뜻 나서자니 자신이 없고, 그렇다고 물러나자니 면이 서지 않는다.

뇌리는 절대로 나서서는 안 된다고 경종을 마구 울려 대고 있었다. 그것도 반병신이 될 것이라는 지독한 위험신호다.

그것은 본능적으로 느끼는 감이었다.

손목이 부러지고 뼈가 탈골되는 느낌은 이 자리에 오를 때까지 수도 없이 경험했던 불곰이다.

근육을 헤집고 뼈가 부서지는 느낌이 그대로 뇌에 전달되는 그 고통.

당해 보지 않은 사람은 모른다.

불곰은 오랜 세월 뒷골목 바닥에서 노닐다 보니 고통이 생활의 일부분이 된 지 오래여서 면역이 될 법도 했지만 이번만큼은 자신이 없었다. 수하들의 모습을 보는 것만으로도 차져도 저토록 차질 수가 없었다. 극통이 자신의 뼈와 골수를 헤집으며 스며드는 기분이었다.

눈앞의 사내는 뭘 어찌해 볼 수 없을 정도로 기를 꺾어 났고 또 그만큼 잔인했다.

긴장이 습관처럼 불곰의 신경계를 짓눌렀는지 손바닥에서 삐져나온 땀이 바닥에 뚝뚝 떨어졌다

'젠장……'

불곰은 마침내 상대에게 항거할 마음을 접었다.

이곳으로 데리고 온 수하들은 모두 열 명.

전투력이 거의 없다시피 한 짤방을 제외하더라도 싸울 수 있는 인원은 아홉 명, 아니 자신을 포함해서 열 명이다.

그런데 눈앞의 사내가 집무실에 들어섰다는 것은 건물 입구를 지키고 있던 네 명의 수하가 당했다는 얘기다. 자신의 명령을 받은 이상 맹세코 그냥 들여보냈을 리는 없으니 말이다.

그리고 실내까지 따라온 수하가 여섯 명.

그런데 짤방을 포함해서 다섯 명이 무기력해지는 데 촌각도 걸리지 않았다.

남은 사람은 슬금슬금 곁으로 다가오고 있는 만근이와 자신뿐이다.

'새끼, 쫄았구먼.'

담용은 그 즉시 눈치를 챘다.

강하게 나가는 것만이 능사가 아니라 풀어 줄 수 있을 때 풀어 줘야 만사가 순조롭다는 것을 모르지 않는 담용이다.

"어이, 거기 이름이 뭐야?"

"……!"

눈만 데굴데굴 굴리는 불곰을 바라보며 담용이 물었지만 대답이 없다.

"아아, 나부터 대라고? 난 방금 김 사장님이 불렀잖아? 자네라고. 더 이상은 알려고 하지 마라. 그랬다간 넌 평생 남이 떠 주는 죽을 먹고 살아야 할 거다. 말 안 해?"

"부, 불곰이오."

"그래, 그럴 것 같았다. 너도 동심회 소속이냐?"

"그……렇소."

"말은 들었다. 군소 조직이 힘을 합쳤다고."

"……."

"남창남이란 건달이 회장이라고?"

"그, 그렇소."

"왜? 네놈 보스에게 반말하니까 기분 나쁘냐?"

"조, 좋을 리가 없잖수?"

"씨불 넘, 감히 내게 깡패 두목 새끼가 대접받으려고 해? 수틀리면 남창남이 아니라 그 할아비라도 하룻밤 새에 거품을 물게 할 수 있는 사람이 나야. 시험해 봐도 좋다. 김 사장님, 이거 좀 써도 됩니까?"

담용이 동전을 잔뜩 모아 놓은 통을 가리켰다.

"마음대로 쓰시게."

"고맙소."

챠락!

동전을 한 움큼 집은 담용이 한쪽 벽면에 세워 놓은 백보드를 향해 아무렇게나 휙 뿌렸다.

찰나, '따다다다다닥' 하고 마치 딱따구리가 나무를 쪼아 대는 것 같은 요란한 소음이 들렸다.

한데 백보드를 쳐다보던 김동팔과 불곰이 동시에 헛바람

을 불어 내며 입을 딱 벌렸다.

"허억!"

"뜨헉!"

이어서 퉁방울 같은 눈을 했다.

마치 도무지 믿을 수 없는 마술을 본 듯한 기색인 두 사람의 시선은 백보드에 박혀 버렸는지 떠나질 못했다.

그도 그럴 것이 백보드에는 반쯤 박힌 동전들이 하트를 형성하고 있어서였다.

게다가 동전의 숫자가 모자랐던지 큐피드의 화살이 그려지다 만 모습이었다.

'으으으…… 저럴 수가!'

'맙소사! 무슨 무협지에 나오는 무사도 아니고…….'

그야말로 그 누구도 흉내 낼 수 없는 신기가 아닐 수 없다.

게다가 딱딱한 보드 판을 뚫어 버리는 위력까지 보여 주고 있지 않은가?

더 나아가 하트 모양도 어려운 판에 큐피드의 화살까지 단 한순간에 그려 내는 재주는 두 사람으로 하여금 외출 나간 정신을 좀처럼 수습하지 못하게 만들었다.

이 모두가 차크라의 기운을 빌려 사이코키니시스(psychokinesis, 생각의 힘)를 전개한 때문이었다. 바로 시전자의 생각을 물리적인 힘으로 나타내는, 즉 인위적인 힘을 가하지 않고 생각과 마음으로 사물을 움직이고 통제하는 초능력에서 비롯된 것이다.

"쯧, 작품이 되다가 말았군."

퍼뜩!

아쉬워하는 담용의 중얼거림에 외출 나간 정신을 급히 수습한 두 사람의 시선은 마치 괴물을 보고 있는 듯한 눈빛으로 변해 있었다.

"이봐, 불곰, 꼭 손을 맞대 봐야 하는 건 아니겠지?"

"그, 그게……."

"그만! 네 표정만으로도 알겠으니 말하지 마라. 쫄따구 앞에서 체면은 세워 줘야지."

"……."

"남창남이 저걸 피할 수 있을 것 같나? 후훗, 내 장담하건대 부하들로 빙 둘러싸여도 못 피한다. 그땐 동전이 아니라 못이 될 테니까."

흠칫!

담용의 그 한마디에 불곰은 오한이 든 듯 부르르 떨었다.

아울러 자신의 전신이 못으로 도배가 되는 상상을 하자, 그만 눈을 질끈 감아 버렸다.

'후훗, 짜식.'

불곰이 바짝 얼었다고 본 담용이 주먹에 힘을 빼고는 불곰 곁으로 조금씩 다가서고 있는 만근이를 불렀다.

"이봐, 너!"

화들짝!

"예, 옙!"

도둑이 제 발 저리듯 깜짝 놀란 만근이 저도 모르게 도둑 걸음을 멈추며 부동자세를 취했다.

"얘들 병신 되기 전에 빨리 병원으로 데려가. 아! 밖에 자빠진 애들도 데려가야 할 거다."

"아, 예, 예."

연방 대답을 해 대던 만근이 불곰의 눈치를 슬쩍 보았다.

끄덕.

불곰도 다급함을 느꼈는지 지체 없이 허락했다.

얼른 휴대폰을 꺼내 든 만근이 물었다.

"저기…… 동료들을 불러도 되겠습니까?"

"좋을 대로 해!"

"가, 감사합니다."

"대신! 떼거리로 몰려와서 복수니 뭐니 나댄다면 여기 볼모로 잡혀 있는 네 두목부터 아작 내 버릴 테니 그렇게 알아."

"그, 그럴 일은 없을 겁니다."

"씨불 넘, 네놈들을 내가 어떻게 믿어? 그러니 또 한 번 믿도록 해 줘야지."

꼭 눈으로 봐야만 믿는 녀석들이 있어서 실체가 필요한 시점이었다.

'참나, 이거 애들 앞에서 힘자랑하는 것도 아니고……'

상대가 인생을 통틀어 경험하지 못한 강렬한 강자임을 행동으로 보여 줘야 허튼수작을 부리지 않을 놈들임을 알기에 퍼포먼스를 한 가지 더 내보일 필요가 있었다.

"어? 저기 적당한 게 있네."

때마침 담용의 눈에 젖혀진 버티컬 커튼 사이로 간이침대가 보였는데, 거기에 반달 베개 형식의 목침이 놓여 있었다.

"이거 단단해 보이네. 재질이 뭡니까?"

"향나무일세."

"향나무면 엄청 단단하지요?"

"그, 그렇지."

속이 빈 것이 아니고 원목 그대로라 단단하기 이를 데가 없어 보였다.

'그러고 보니……'

문득 목침을 보니 생각이 났다.

'맞아, 10년 후면 편백나무가 유행하지 아마?'

모두가 피톤치드라는 살균성 물질 때문이다. 주로 삼림욕을 통해 피톤치드를 마시면 스트레스가 해소되고 장과 심폐 기능이 강화되며 살균 작용도 이루어진다고 해서 한창 유행이었던 기억이 났다.

"김 사장님, 이거 하나 없어도 생활하는 데 지장이 없겠지요?"

허드레 것이라도 남의 물건이면 양해를 구하는 것이 옳다. 그렇지 않고 함부로 나댄다면 양아치와 다를 게 하나도 없다.

"그야……."

"그럼 제가 좀 쓰지요."

그 순간, '픽' 하는 소리와 함께 그 단단하던 향나무 목침이 반 동강 나 버렸다.

"헛!"

"엉?"

손바닥 위에 올려놓은 것을 별로 힘도 들이지 않고 툭 내려친 것일 뿐임에도 단단하다고 여긴 향나무 목침이 동강이 나 버린 것에 불곰의 입에서는 새된 헛바람이 튀어나오고 김동팔의 눈은 툭 불거졌다.

옆에서 지켜보던 만근이는 주먹 하나가 들어갈 정도로 입을 쩍 벌린 채다.

세 사람의 공통된 생각은 이건 뭐 원거리 공격에다 근접전까지 능하니 어찌해 볼 도리가 없다는 것이었다.

"어이, 똑똑히 봤냐?"

"예, 예."

"허튼 짓거리하면 나도 돌아 버리는 수가 있으니 조심하도록."

"예, 예. 절대 그런 짓 안 합니다."

"야, 피 냄새 난다. 빨리 치워!"

"옛!"

만근이 서둘러 동료들을 질질 끌어 복도로 끄집어낼 때, 부서진 출입문으로 철가방을 든 배달원이 뻘쭘한 얼굴로 모습을 드러냈다.

"오호! 김 사장님, 배달시켰습니까?"

"그, 그러네."

"하핫, 점심도 안 먹고 왔는데 마침 잘됐네요. 제 것도 있겠지요?"

"무, 물론이네."

있을 리가 없지만 지금은 담용이 구세주고 대세다. 뭔들 아낄까?

잘만 하면 담용이 덕분에 앞으로 불곰에게 시달리지 않아도 될 것 같은 생각에 김동팔은 식사가 아니라 원하는 대로 다 내주고 싶은 심정이었다.

"하하핫, 역시 센스가 있으시다니까. 이봐요, 저기 식탁에다가 세팅해요."

"예, 예. 야, 빨리 들어와."

음식을 많이 시켜서인지 배달원이 두 명에 철가방이 네 개였다.

난장판이 된 실내를 보고 심히 불안했던 두 명의 배달원은 잽싸게 움직였다.

주루룩 세팅을 해 놓고 보니 긴 탁자에 음식이 가득 찼다. 무려 열 명이 넘는 인원이 먹어야 할 음식이었으니 당연했다.

　"맛있게 드십시오!"

　깍듯하게 허리를 접고 돌아서는 배달원을 담용이 불러 세웠다.

　"잠깐!"

　"예, 예?"

　"음식값은 받아 가야지요."

　"나, 나중에 주셔도……."

　"그건 아니지. 이봐, 뭐 해, 빨리 주지 않고?"

　"내, 내가……?"

　"어라? 씨불 넘이 나를 언제 봤다고 반말을 해! 죽고 싶어?"

　찌릿!

　살기를 담은 날 선 기운이 불곰에게 쏘아졌다.

　'윽!'

　대번 전신에 소름이 돋고 눈알이 따가울 정도로 헤집어오는 살기에 내심 식겁한 불곰이 얼른 검지로 자신을 가리켰다.

　"내, 내가 내야 한단 말이오?"

　"당연한 것 아냐?"

"어, 어째서 내가 내야……."

"짜샤, 네놈이 내게 졌잖아? 패한 놈이 내야지 이긴 놈이 내는 것 봤어?"

'이런, 씨발…….'

"음식값은 김 사장이 내기로……."

"아따, 그 자슥, 쪼잔하기는. 인마, 생각을 하고 좀 살아라. 김 사장님이 이사를 왔는데 너…… 뭐 가지고 왔어?"

"아, 아무것도……."

"경우 없고 개념 없는 짜슥. 얌마, 하다못해 부자 되시라고 화장지라도 하나 사서 방문하는 게 예의잖아?"

'씨발, 그러는 제 놈은?'

들어올 때 빈손인 게 분명했던 상대였지만 불곰은 찍소리도 못 했다. 계급, 아니 힘센 놈이 깡패인 상황이다.

"훗! 새끼……."

실소를 자아낸 담용이 말을 이었다.

"정 돈을 내기 싫으면 마저 승부를 보든가."

"아, 알았소."

속이 뜨끔해진 불곰이 얼른 수긍하고는 배달원을 쳐다보았다.

"어, 얼마야?"

"15만 2천 원입니다."

"염병, 뭐가 그리 비싸?"

"저기…… 팔보채 같은 비싼 요리가 대부분이라……."

으레 김동팔 사장이 사는 것이라 여겨 부하들이 마구 시켜 댄 결과였다.

"불곰, 덩치는 산만 한 놈이 계속 쪼잔하게 굴래?"

"아, 아니오. 여, 여기 있다."

"감사합니다. 여기 잔돈 8천 원……."

"됐어, 나머지는 팁으로 가져!"

"내, 내 돈이오."

"그래서? 뗠어?"

"뭐, 그렇다는 거요."

"한 번만 더 반발하면 손가락 하나 분지를 줄 알아."

"……!"

말로만이 아니라 그대로 행동으로 옮기는 칼 같은 성질머리 같았기에 불곰은 내심 뜨악한 마음이 들어 일언반구도 하지 못했다.

"이봐요, 이제 가도 좋아요."

"옛, 고맙습니다!"

"김 사장님, 같이 드시죠. 불곰이 한턱낸다는데 안 먹어 주면 엄청 섭섭하게 생각할 겁니다."

"까짓것 그, 그럽시다."

역시 힘센 놈이 장땡인 세계에서 굴러먹어서인지 김동팔도 슬그머니 존대를 하고 나왔다.

"자 자, 역시 청요리에는 빼갈이 최고지. 얌마, 그렇게 맥놓고 있지 말고 한 잔 따라 봐라."

"알았수."

"새끼, 장유유서 몰라? 김 사장님께 먼저 따라 드려야지!"

"나, 난 괜찮으니 먼저 받으시게."

"어허, 어찌 그럴 수가 있습니까? 아, 뭐 해?"

쪼르르륵.

"내 잔에도 따라 봐."

쪼르르르륵.

"자, 불곰 너도 받아."

불곰에게서 술병을 빼앗아 한 잔 채워 준 담용이 선창을 했다.

"자! 우리의 만남을 위하여—!"

"위하여!"

"위, 위하여……."

쩽! 쩌쩽! 쩽!

"김 사장님, 원샷입니다!"

"조오치!"

쭈욱. 쭈우욱.

"캬하—!"

"크아—!"

"자 자, 일단 안주 한 점씩 먹고."

각자 입에 맞는 안주를 한 점씩 먹는 것을 본 담용이 슬그머니 본론을 꺼냈다.

　"오늘 허리끈 풀어 놓고 한번 죽어 봅시다. 김 사장님, 어때요?"

　"나야 끼워 주면 좋지요."

　"불곰 너는?"

　"우리가 그럴 사이는 아니지 않소?"

　"으이그, 덩치가 아깝다, 얌마! 지금부터 만들어 가면 되는 거지 뭐가 그리 복잡해, 쫌생이 짜샤!"

　"아쒸, 나 쫌생이 아니요."

　"쫌생이 아니면 뭔데?"

　"에이씨! 좋소, 오늘 한번 죽어 봅시다!"

　"하하핫, 그래야 불곰답지. 글고 인마, 나 같은 형님 하나면 다른 떨거지들은 필요 없다는 걸 몰라?"

　"혀, 형님?"

　"그래, 짜샤."

　"쿵! 그야……."

　싸움 실력이야 바로 코앞에서 확인했으니 형님 아우 하면 엄청난 배경을 지니게 되는 건 틀림없다.

　"자 자, 여름 낮은 기니까 한꺼번에 다 알 생각은 마라, 차차 알아 가면 되니까. 글고 너 말이다."

　"……?"

"남창남이에게는 오늘 일 말하지 마라. 창피당할 테니까."

"안 그래도 그럴 참이오."

"짜식, 네가 약한 게 아니라 내가 터무니없이 강한 거다. 고대의 무술을 배운 내게 네놈이 잽이 되겠냐?"

"그, 그랬소?"

동전을 한꺼번에 날려 큐피트의 화살을 그리는 걸 보면 딱 무술가 집안인 것 같아 거짓말같이 들리지 않았다.

"응, 우리 집안 대대로 내려오는 무술이지."

기왕에 내친걸음이다.

상대에게 피해를 주지 않는 거짓말이야 얼마든지 할 수 있다. 제 놈이 내 집 족보를 조사할 것도 아니니 말이다.

"어쩐지……."

그제야 졌어도 떳떳하다는 생각이 드는 불곰의 어깨가 조금 펴졌다.

"에또…… 김 사장님, 계산은 분명히 합시다."

"아아, 미안하네. 내일 당장 계좌로 부쳐 주겠네."

"하하핫, 고맙습니다. 자 자, 오늘 한번 죽어 봅시다!"

방문한 목적을 간단히 해결해 버린 담용이 불곰의 이마에 딱밤을 먹였다.

딱!

"아쿠!"

"인마, 형님 잔이 비었잖아!"

BINDER
BOOK

짝을 찾아 줘야 할 텐데

종로구의 어느 요정.

칠첩반상은 될 법한 상차림을 사이에 두고 대화가 한창인 갈성규 의원과 얼마 전 고베에서 건너온 히메마사 아이로다.

갈성규 의원이야 전형적인 모사꾼 인상이지만, 히메마사는 얼핏 보기에도 모사라기보다는 무사 기질로 똘똘 뭉친 인상의 장년이었다. 고로 서로가 정반대 인상이라고 하겠다.

무슨 말끝인지 잠시 말을 멈춘 갈성규 의원이 술 한 잔을 톡 털어 넣고는 앓는 소리를 했다.

"끙, 이거야 원, 몇 번씩이나 그런 일이 벌어지다니……. 히메마사 상이 어려운 발걸음을 했는데, 참으로 면목이 없게 됐소이다."

"천만에요. 모른 척하지 않으시고 이리 환대해 주시는 것만으로도 고마울 따름입니다. 다만 한국이 민주화가 되면서 치안이 많이 헐거워진 부분이 있는 것 같아 안타까울 뿐입니다."

내용으로 보아 그동안의 대화는 야쿠자들의 자금이 털린데 대한 성토였던 모양이다.

그렇게 보면 요정은 성토장인 셈이다.

"아니라고는 말 못 하겠소이다. 군부 시절의 엄엄한 분위기가 지난 7년 동안 희석이 됐을 수도 있으니 말이외다. 군부 통치에 억압받던 국민들이 많이 자유분방해지다 보니 별의별 종자들이 바깥으로 기어 나와 설치고 다니는 모양이외다."

"그거야 한 발 앞으로 나아기 위해 한 번쯤은 겪어야 할 아픔이라고 여기지만, 계속해서 외국자본이 이런 식으로 강탈당한다면 블랙 머니로 들여오는 것을 고려해 볼 여지가 있지 않겠습니까?"

"말이야 백번 지당하오만, 아시다시피 우리 당이 개국 이래 쭈욱 야당으로만 존재하다가 처음으로 집권을 하게 되지 않았소?"

"그거야 잘 알고 있지요. 그런데 그 말은 곧 전 정권의 입김이 아직도 강하게 작용하고 있다는 뜻이기도 하군요."

"하하, 아쉽게도 그렇습니다. 이제 갓 임기 2년 차라 아직

갈 길이 멀지요."

"제도권의 협조를 얻기가 쉽지 않다는 얘기군요."

"시간이 좀 더 필요할 뿐이지 결코 어려운 건 아닙니다."

"후우, 저희가 시간이 없다는 게 문제로군요."

"압니다. 실현될 리야 없겠지만 귀국의 금융권에서 마이너스 금리를 검토 중이라고요?"

"뭐, 일부 금융인들의 입에서 나오고 있습니다만, 어찌 될지는 알 수 없습니다. 그 모두가 현재 이자가 0퍼센트, 즉 제로 금리란 점에서부터 출발했으나 여러 정황을 살펴보면 난관이 적지 않은 편이지요."

"허허헛, 고객이 자신의 돈을 보관하는데 보관료를 내야 하는 시대까지 왔다니…… 앞으로 더 무슨 꼴을 봐야 할지 모르겠구려."

"그러게 말입니다."

두 사람이 대화는 마이너스 금리를 우려하는 내용이었다. 즉, 은행 예치금에 대한 네거티브 이자율 제도의 시행을 말함이다.

쉽게 말하면 이렇다. 은행에 돈을 예치한다는 행위는 은행에 돈을 빌려주고 내가 채권자가 되는 것이다. 은행이 채무자가 되어 나에게 이자를 지급한다는 뜻이다.

그런데 이것이 구태의연한 고정관념으로 전락하고 거꾸로 돈을 빌려주는 예금자가 돈을 예치하는 것이 아닌 '보관한다'

는 명목으로 보관비를 내야 한다는 의미다.

히메마사의 말이 이어졌다.

"아무튼 좋습니다. 당장은 어렵다고 하시니 현재로서 가능한 조언이 있다면 부탁드립니다."

"그러지 않아도 연락이 올 것에 대비해 차선책으로 마련해 둔 안이 있소이다만……."

"경청하겠습니다."

갈성규 의원의 말에 히메마사의 머리가 밥상에 닿을 듯 숙여졌다.

'확실히 인사성은 밝아.'

겉으로 드러나는 일본인 특유의 인사성이나 도무지 속마음을 알 수 없으니 방심은 금물임을 모르지 않는 갈성규 의원이다.

"재벌 그룹이 신용금고 같은 금융업에 참여하기는 곤란하니 견실한 중견 기업을 파트너로 삼아 공동으로 투자하는 형식을 띠었으면 하오만……."

"흠, 그 방안밖에 없다면 당연히 따라야겠지요. 하나 이미 짐작하고 계시겠지만, 금융업이란 건 알토란 같은 사업입니다. 뭐, 1금융과 2금융 사이에 수익에 대한 정도의 차이는 있겠지만, 견실하게 해 나간다면 망할 이유가 없습니다."

"예, 그럴 것이라고 대충은 짐작하고 있습니다."

"제 말은 동업자 간에 욕심이 일 수 있다는 얘깁니다."

"하고 싶은 말이 있다면 허심탄회하게 해 보시지요."

"파트너를 정해 공동투자를 하되 이면 합의서를 작성했으면 합니다."

"호오! 내용은?"

"향후 10년이든 20년이든 한국의 금융시장에 제3, 4금융 사업체의 승인이 떨어질 때는 저희에게 사업 일체를 넘겨준다는 조건입니다."

"허어, 10년 20년이 아니라 1, 2년 후면 그런 상황이 벌어질 텐데 군이 그렇게까지 할 필요가 있소이까?"

"사업 전반에 대해 초창기부터 진력을 다할 생각이기 때문이지요. 그렇지 않으면 진력을 다하기가 어렵습니다. 더구나 공동투자 사업이란 것이 끝까지 함께하기 어렵다는 걸 잘 아시지 않습니까?"

'쯧. 네임 밸류나 메이커 때문에 그러는군.'

노회한 정치인인 갈성규 의원이라 히메마사가 꺼리는 문제의 핵심을 정확하게 짚었다.

사실 현대의 기업은 네임 밸류와 메이커가 승패를 좌우한다고 해도 과언은 아니다.

일례를 들 것도 없이 네임 밸류나 메이커 하나로 먹고사는 기업이 수두룩하지 않은가?

금융업이라고 해서 그런 범주에서 벗어나지 않는다.

"거참……."

갈성규 의원은 당장 허락하고 싶지만 동업자로 나설 기업이 받아들일 리가 만무하니 난감했다.

그렇게 선뜻 대답을 하지 못하고 미간을 좁히고 있는 갈성규 의원을 본 히메마사의 시선이 출입문으로 향했다.

"모리시타!"

"네."

격자문 밖에서 조용하면서도 가냘픈 음성이 들려왔다.

"그걸 가지고 와."

"네."

드르륵.

기다렸다는 듯 감색 정장을 한 여성이 들어왔다. 척 봐도 빼어난 미인에 늘씬한 몸매다.

그런 그녀의 손에는 네모반듯한 가방이 들려 있었다.

"건네 드려라."

"네."

눈을 내리깐 모리시타가 무릎걸음으로 갈성규 의원 쪽으로 다가가 가방을 살그머니 밀었다.

"흐흠, 흠."

솔직히 무안한 순간이다.

헛기침을 해 보지만 돈이란 뇌물임을 어찌 모를까?

하지만 이런 경험이 많은 갈성규 의원이다. 이쯤에서 의혹 어린 눈빛을 드러내는 것이야 별로 어려운 연극도 아니었다.

"허어, 무슨……?"

"1억 엔입니다."

'헉! 10억!'

순간 심장이 벌렁한 갈성규 의원이었지만 침착하려고 애썼다. 그렇지만 지금 가평에 짓고 있는 별장 공사비가 눈에 어른거리는 것은 피할 수 없었다.

"의원님께서는 그런 푼돈에 연연하지 않으리라 봅니다. 하지만 일을 하는 데 걸림돌이 될 작자들은 그렇지 않을 테니, 술이라도 한잔 사 주시지요. 대신 의원님에게는 저희가 앞으로 해 나갈 사업의 지분을 드리겠습니다. 아마도 만족하실 것입니다."

'헐, 지분이라니!'

기업이 존재하는 한은 화수분이 될 것이 틀림없으니 10억은 껌값밖에 안 되는 뇌물이다.

이것이 결정적이었는지 히메마사의 통 큰 돈질에 그만 홀랑 넘어간 갈성규 의원이다. 고로 무엇이든 다 들어줄 마음이 생겼다.

그런 마음이 표정으로 드러나는 갈성규 의원의 얼굴을 일별한 히메마사가 마침내 또 하나의 안건을 꺼냈다.

통 큰 돈질 뒤라 보너스로 한 가지 더 청탁하는 것이야 애교에 속했다.

"그리고……."

"아, 어서 말해 보시오."

"이번 강도 사건에 대해 수사의 강도를 낮춰 주십사 하고 부탁드립니다."

"엉? 아니, 왜……? 이미 하세가와 상을 통해 수사를 의뢰하지 않았소?"

"그랬습니다만 너무 떠들썩하게 되면 놈들이 꼭꼭 숨어 버릴 수 있기 때문입니다. 또 한 가지는, 수사 의뢰는 수사관들에게서 의뢰자로서 정보를 얻기 위함이지 다른 뜻은 없기 때문입니다."

"아아."

갈성규 의원은 곧바로 이해했는지 머리를 크게 주억거렸다.

"하면 자체적으로 해결할 속셈이시오?"

"예, 대신에 조금 과격해도 살펴 주십사 하는 겁니다."

"그게 어느 정도요?"

"사람을 죽이는 일은 없을 것입니다. 절대로요."

그 외에는 수단과 방법을 가리지 않겠다는 말이나 진배없었지만 갈성규 의원은 모른 척하고 엉뚱한 말을 했다.

"흠, 그런 일이 발생하면 이 나라 국민들이 가만있지 않을 거외다."

"명심하겠습니다."

"아무튼 잘 알았소. 불미스러운 일이 발생하면 그때그때 연락해 주시오. 내 힘닿는 데까지 조치할 테니……."

"의원님의 은혜가 큽니다. 그리고 여기 모리시타 양이 오늘 밤 의원님을 모실 것입니다. 안쪽에 침구를 마련해 두었으니 부디 좋은 밤 되시기를 바랍니다. 하면 저는 이만 물러가도록 하겠습니다."

"아니, 저기……."

길성규 의원이 손을 들어 만류하려 했지만 히메마사가 작별을 의미하는 인사를 하자 그만할 말을 잊었다.

뇌물에 이은 향응 그리고 성 접대와 청탁.

이렇게 4박자 궁합이 이루어지자 히메마사는 군말 없이 자리에서 일어났다. 그리고 문을 나서기 전에 다시 한 번 당부하는 것을 잊지 않았다.

"의원님, 잘 부탁드립니다."

"아아, 그, 그래요."

"모리시타, 의원님을 잘 모셔라."

"네."

띵.

안내 데스크 바로 정면에 위치한 엘리베이터가 열리면서 설수연이 내렸다.

"어머, 설 과장님, 언제 나가셨어요?"

"송희 씨가 잠시 자리를 비웠을 때요."

안내 데스크의 한송희가 묻는 말에 대답하는 설수연의 얼굴이 무척 밝았다.

"얼굴이 밝은 걸 보니 좋은 일이 있나 봐요?"

"호호홋, 그럼요. 곧 한송희 씨와 이지수 씨에게도 좋은 소식이 있을 거예요."

두 사람이 안내 데스크를 담당하고 있기에 하는 말이다.

"어머나, 무슨 일인데요?"

좋은 소식이 있을 거라는 말에 귀가 솔깃해지는 한송희의 얼굴에 기대하는 기색이 역력했다.

"지난번에 제가 명문빌딩 땜에 속상해했던 걸 기억하죠?"

"그럼요. 그 깡패 출신 사장이 용역비를 안 준다고 속상해하며 우리끼리 술 한잔했잖아요? 그때 설 과장님이 1억을 떼이게 생겼다고 술을 제법 마셨지요. 덩달아 우리도 술이 취해 버렸고요."

"호호홋, 그땐 고마웠어요. 넋두리를 들어 주느라 힘들었죠?"

"천만에요. 지수 언니와 저도 즐거운 시간이었는걸요. 그런데 표정을 보니 해결이 됐나 봐요?"

"네. 어제 팀장님이 단박에 해결해 준 덕분에 오늘 아침에 입금이 됐더라고요."

"어머! 어머! 정말요?"

"방금 은행에서 직접 확인하고 오늘 길인걸요."

"어머나! 고민이 해결됐네요. 역시 육 팀장님이세요."

말끝에 엄지손가락을 세우는 한송희다.

"호호호, 확실히 능력 있는 상사죠."

"그러게 말이에요. 애인만 없다면 온몸으로 대시해 보겠는데 아쉬워요, 호호호."

"호호홋, 인물도 곱고 몸매도 늘씬하지 거기다 교양까지 갖추고 있는 한송희 씨가 대시하면 육 팀장님이라도 꼴깍 넘어갈걸요."

"아이, 임자가 있는데 어떻게 그래요. 저도 말만 그러지 성격이 내성적이라 그런 대담한 행동은 못 해요."

"뭐, 팀장님이 졸졸 따라다니며 쟁취한 애인이라 대시한다고 해도 쉽게 넘어오지는 않을 거예요."

"에구, 헛물을 켜며 마음에 상처를 받을 바에야 다른 남자를 찾는 게 좋겠어요, 호호호."

"후후홋, 그 대신에 우리 팀이 주는 보너스를 받는 것으로 만족하세요."

"어머머! 이번에 입금된 돈도 나눠 주신대요?"

"그럼요. 우리 팀에 수입이 생길 때마다 혼자만 독식하지 않았잖아요?"

"호호홋, 물론 알고 있지요."

"팀장님은 항상 팀원들에게 이렇게 말씀하세요. 우리에게 수입이 생긴다면 우리가 한 노력에다 전 직원이 음으로 양으로 응원을 해 준 덕분이라고요. 그러니 우쭐할 것도 없고, 수입이 얼마가 됐던 조금씩 나눠서 더불어 살아가자는 거예요."

"정말 감동을 주는 말씀이세요. 그 말을 들으니 열심히 일한 보람이 있네요."

"기대하세요. 두 분에게 월급에 버금가는 보너스를 드릴 수 있도록 할 테니까요."

"어머, 감사해요!"

"후후후, 제가 우리 팀의 경리잖아요. 게다가 팀장님은 웬만하면 제 말을 다 들어주시거든요."

"호호호, 좋으시겠어요."

"사실 육 팀장님을 만난 건 행운이죠."

"팀원 전부가 그렇게 생각하고 있는 눈치인 걸 저도 조금 알겠더라고요. 근데 설 과장님은 송 과장님과 결혼을 언제하실 건데요?"

"내년 가을에나 할까 생각 중이에요."

"집은 사 놓으셨다면서요?"

"네, 분당에다 사 놨는데, 지금 수리 중이에요."

"거기서 신혼살림을 꾸리실 거예요?"

"네, 둘이 보태서 샀으니 그래야죠."

"부러워요."

"한송희 씨도 대시하는 직원이 많다는 소문이던데…… 결과는 어때요?"

"후훗, 말만 무성할 뿐이지 실속은 없어요."

"그럴 수도 있겠네요. 어쩌면 애인이 있을 거라고 지레짐작해서 접근하지 않을 수도 있죠."

"저 애인 없는 걸 아시잖아요?"

"저야 알지만……. 어째 우리 회사엔 용기 있는 자가 미인을 얻는다는 말을 모르는 사람들만 근무하나 봐요, 호호호."

"호호훗, 그러게요."

"장영국 씨도 애인이 있는 눈치 같으니, 팀원 중에 안경태 과장이 유일한 솔로네요. 빨리 짝을 찾아 줘야 할 텐데……."

"어딘가에 임자가 있겠죠 뭐."

"안 과장 성격에 적극 대시는 어려울 테니……. 저기 그러지 말고 두 사람을 제가 중간에서 한번 힘써 볼까 하는데, 어때요?"

"어머! 전번에 한 과장님 처제를 소개받게 됐다고 좋아하던데…… 잘 안 됐어요?"

"에이, 한 과장님이 처제에게 애인이 있는 걸 미처 알지 못하고 소개해 준다고 했대요. 그러니 만나 보기도 전에 쫑이 날 수밖에요."

"저런! 실망이 많았겠네요."

"호홋, 좋다가 말았죠. 근데 여기 가까운 곳에 참한 색싯감이 있는데 엉뚱한 데서 헤매고 다니는 꼴이네요. 어떻게…… 제가 다리를 한번 놔 볼까요?"

"그, 글쎄요."

"홋! 송희 씨에 비해 키가 조금 작긴 하죠. 하지만 사람이 유머 감각이 있어 참 재미있어요. 그리고 머리가 명석해요. 물건 분석은 팀장님도 못 따라갈 정도로 예리한 면이 있어서 거의 혼자 다 해요. 아! 가장 중요한 건 가정이 유복하다는 점이에요."

"네? 가정이 유복하다뇨?"

"사실 교제를 해 보니 남녀 모두 그게 가장 중요한 점이더라고요. 같이 근무하다 보면서 느꼈는데, 안경태 씨가 가정교육이 잘되어 있는 것 같아요."

"네, 그 점은 저도 느껴지던걸요."

"직접 가 보지는 않았지만 얘기를 하다 보면 집안도 괜찮은 느낌이더라고요. 조금 의외인 점은 부모님을 비롯해서 형님, 누나 들이 전부 공무원인 집안이라는 거죠."

"어머! 그러기가 쉽지 않을 텐데……. 그럼 안경태 과장님은 왜……?"

"호홋, 집안 막내의 반발인 거죠."

"아아, 네."

"한송희 씨는 대학 4학년을 마칠 등록금과 프랑스 유학 자금을 마련하기 위해 잠시 머무는 직장이라고 했죠?"

"네, 집안 형편이 좀 그래서요. 전 미술 공부를 계속하고 싶은데……."

"예술은 돈이 많이 들긴 하죠."

"네. 그래서 안 해 본 아르바이트가 없을 정도예요. 그러다가 아예 몇 년 돈을 벌 작정을 하고 휴학을 결심한 거죠."

"이건 제 생각인데요."

"……?"

"안 과장의 흉금 정도면 한송희 씨의 사정을 헤아려 끝까지 밀어주고 기다려 줄 수 있을 거라 확신해요. 그러니 일단 만나서 진지하게 대화를 나눠 보는 건 어떨까요?"

"글쎄요. 그러다가 서로의 생각이 다르다면 앞으로 얼굴 대하기가 더 어렵지 않을까요?"

"참나, 구더기 무서워서 장 못 담그나요?"

"후훗, 그렇긴 하네요."

"그러지 말고 이렇게 해요."

"어, 어떻게요?"

"제가 안 과장에게 송희 씨에 대한 프로모션을 하면서 식사나 한번 하라고 꼬드길게요. 제 말을 듣고 슬쩍 다가오면 못 이기는 척하고 응하세요. 그런 식의 접근이면 회사 동료와 식사 한 끼 한 것뿐이니 잘 안 되더라도 부담이 없을 것 아녜요?"

"아, 네."

"만약에 안 과장이 의외로 괜찮다 싶으면 다음번엔 송희 씨가 답례로 식사를 사겠다고 하세요. 그땐 좀 더 확실히 알 수 있지 않겠어요?"

"호호홋, 설 과장님은 연애 박사 같아요, 호호호……."

"에헴, 대학 시절에 꽤 날리긴 했죠. 그렇게 한참 잘 지내 다가 아버지의 사업 부도로 인해 다 접어 버리고 이곳으로 오게 됐죠. 만약 팀장님을 만나지 않았다면…… 어휴! 아직 도 집안을 못 일으키고 허덕대고 있을 거예요. 한마디로 아 찔하죠. 그러니 행운을 잡게 해 준 팀장님을 평생의 은인이 라 여기지 않을 수 없어요."

"참 부러운 말씀이세요. 참, 전번에 부모님께 소일거리를 만들어 드린다고 들었던 것 같은데…… 어떻게 됐어요?"

"아! 고심을 거듭하다가 죽집을 차려 드렸어요."

"어머나! 그거 별로 어렵지도 힘들지도 않은 일 같아 보이 네요. 잘 선택하신 것 같아요."

"후훗, 요즘 그걸로 하루를 보내는데, 두 분 다 만족해하 시는 걸 보면 저도 기분이 좋더라고요."

"왜 안 그렇겠어요? 더구나 딸이 직접 번 돈으로 차려 드 린 건데, 얼마나 흐뭇하시겠어요. 전 그런 딸도 못 되 니……."

"송희 씨도 기회가 있을 거예요. 아직 창창한 나이잖아요."

"호호홋, 맞아요. 힘을 내야 제게도 기회가 오겠죠."

"그럼요."

그렇게 두 여자가 시간 가는 줄 모르고 수다를 떨고 있을 때, 안내데스크 옆에 위치한 TF사무실의 문이 열리면서 안경태가 나왔다. 마침내 TF팀의 미팅이 끝난 것이다.

"어? 설수연, 왜 안 들어오고 거기서 노닥거리고 있냐?"

"에그…… 바보, 하여간 양반이 못 된다니깐."

"엉? 양반? 그건 또 뭔 소리야?"

"흥! 됐거든!"

"……?"

콧방귀를 뀌며 까칠한 반응을 보인 설수연이 휭하니 지나쳐 가자 어리둥절해진 안경태가 한송희에게 무언의 눈짓으로 왜 저러냐고 물었다.

"후후훗, 그런 게 있어요."

BInDER BOOK

고위층 Ⅰ

엄수용.

담용의 손에 든 명함에 적힌 이름이는데, 당사자는 바로 앞에 앉아 있는 상태다.

이름 앞에 ○○지점 세무서장이란 직함이 적혀 있었지만, 세무서 전화번호는 볼펜으로 쭉 그어져 있었다. 아마도 세무서장이었을 때 사용하던 번호인 듯했다.

담용이 앞에 놓인 서류를 보니 구청과 등기소에 가면 다 뗄 수 있는 서류들이었다.

국토이용계획확인서, 토지대장, 지적도, 공시지가표, 등기부등본 이렇게 다섯 가지였다.

서류만 보면 별로 특별할 것도 없었다.

"이 서류가 전붑니까?"

"그러……네. 기본적인 서류라 별것 없다네."

"흠, 지금 비즈니스 중이니 가능한 하대를 하지 마시고 존 중해 주기를 바랍니다."

담용은 사기꾼 따위에게 반말을 듣고 싶지 않았다.

그것이 아니더라도 자신이 성인인 바에야 비즈니스를 하 는 상황에서 서로를 존중해 주는 것이 예의였으니 마땅한 요 구다.

아울러 단순히 나이가 많다는 이유로 혹은 나이가 어리다 는 이유로 하대를 한다거나 또 당한다는 것은 옳지 않다는 생각이었다. 정히 하려면 조금 더 친밀진 뒤 '내가 편하게 말 을 해도 되겠소?'라고 양해를 구한 후에 하대를 하는 것이 맞다.

그런데 그런 절차를 일체 무시한 반말 투는 사양이다.

이렇게 응하는 이유는 국정원 요원으로서 이런 사기꾼들 을 색출해 낼 의무가 있었기 때문이다.

뭐, 어쩌면 사기꾼이 아닐지도 모르지만 어차피 비즈니스 관계라면 동등한 입장인 상황에서 나이만 앞세우고 나오는 사람에게 반말을 듣고 싶지 않은 것이다.

"음, 그러……지요."

표정과 언행에 살짝 언짢아하는 투가 묻어났다.

"제가 오필언 본부장님께 듣기로 판교동 토지를 사기 위해서는 10억을 먼저 예치해야 한다던데요? 맞습니까?"

"그렇소. 이쪽에서 지정하는 은행에 매입자 명의로 예치하면 되오."

"하면 10억의 용도가 뭡니까?"

"일단 매입 의사나 의지가 있는지를 확인하는 용도요. 또 그 정도의 돈도 없이 순전히 말만 가지고 판교 부지에 대해 내용을 알려고 하는 사람들과 구별하기 위해서라오."

사실이라면 필요한 조치일 수도 있다. 개나 소나 다 넘겨다볼 수 있는 물건이라면 희소성은커녕 쓰레기가 되어 버릴 것이다.

"시중에 이런 물건들이 더러 돌아다닌다는 소문을 듣긴 했습니다만, 이루어진 경우가 있긴 합니까?"

"쉽지 않다는 것만 알고 더 묻지는 말아요."

"그러죠. 한 가지만 더 여쭙겠습니다. 혹시 라인이라는 것이 있습니까?"

이렇게 묻는 의도는 기억의 저편에서 들은 말이 있어서였다.

바로 이런 물건의 출처가 주로 청와대와 국정원 그리고 여당과 야당이었기 때문이었다. 그래서 시중에 흔히 청와대 라인이니 국정원 라인이니 정당 라인이니 하는 용어가 생겼던 것이다.

"있지요."

"엄 선생님은 어디 라인입니까?"

"청와대 라인인데…… 더 자세한 건 10억을 예치한 후 말하겠소."

'헐! 정보를 야금야금 내놓겠다?'

기실 담용은 눈앞의 엄수용을 믿지 못하고 있었다. 그 이유는 엄수용 역시 이용만 당하는 하수인일 수 있어서다. 왜냐면 엄수용도 위쪽 라인의 사람이 누군지 알지 못할 게 빤할 테니까.

"좋습니다. 뭐, 10억 원 정도야 내일이라도 예치하는 건 그리 어렵지 않습니다."

"아! 그럼 내일 가능하겠소?"

뚱하던 엄수용의 표정이 담용의 말에 조금 밝아졌다.

"일단 좀 더 여쭤 보고 결정하지요. 현재 국토이용계획확인서에 의하면 자연 보전 지역으로 되어 있는데, 이걸 어떤 식으로 풀어 준다는 겁니까? 제가 아는 상식으로는 아무리 청와대의 입김이 작용한다고 해도 이런 상태에서 갑자기 일반 주거지역이나 상업지역으로 용도가 바뀐다면 특혜 의혹에서 벗어나기 힘들 것 같은데요?"

"맞소. 그래서 우선 1차적으로 계획 관리 지역으로 변경한 다음에 진행할 거요."

"계획 관리 지역요?"

"그렇소. 토지의 용도지역 중 하나로 도시지역으로의 편

입이 예상되는 지역이나 자연환경을 고려하여 제한적인 이용 혹은 개발을 하려는 지역이지요."

"아! 거기에 한마디 더 덧붙이면 정부나 지자체에서 계획적이고 체계적인 관리가 필요하다 생각한 지역을 말하는 것이기도 하지요."

"잘 아는군요."

"명색이 공인중개사인데 모르면 더 이상하지요."

계획 관리 지역이란 쉽게 말하면 보전을 위한 관리지역을 뜻한다.

이는 주변의 도시가 발전하여 확장되면 제한적으로 개발할 수 있는 지역을 의미하는 것으로, 보통 건폐율은 40퍼센트이고 용적률은 1백 퍼센트로 적용된다. 즉, 1백 제곱미터의 토지에 40제곱미터 이하의 토지에만 건축이 가능하고 바닥 면적이 40제곱미터인 건물을 2층까지 지은 다음 3층에 20제곱미터인 건물을 더 올릴 수 있다는 의미다.

"그렇다면 현재 상태에서 계획 관리 지역으로 용도가 변경되는 기간과 또 여기서 일반 주거지역과 일반 상업지역으로 변경이 되는 기간은 얼마나 걸립니까?"

"그건 이 자리에서 말해 줄 수 없소."

"왜죠?"

"아직 거기까지 정보를 들을 자격을 갖추지 않아서 그렇소."

"흠, 10억 원을 예치해야만 들을 수 있는 내용이군요."

"그렇다오."

"하면 이 상태에서는 더 이상 얘기의 진전이 없겠군요."

"그런 셈이지요."

"좋습니다. 10억 원을 마련한 다음 다시 연락드리도록 하지요."

"그러시오."

-육 요원, 무슨 일인가?

"조 과장님께 여쭤 볼 일이 있어서요."

-뭔지 말해 보게.

"혹시 우리 회사에서 토지 장사 같은 걸 하고 있습니까?"

담용이 회사라고 언급한 것은 국정원 요원들이 사용하는 통상의 용어로 일종의 은어에 속했다.

-뭐? 무슨 장사?

"땅장사 말입니다."

-헐, 땅장사라니! 무슨 소린지 모르겠군. 무턱대고 얘기하지 말고 차근차근 말해 보게나.

"쩝, 첫마디에 알아듣지 못하는 걸로 보아 관계가 없어 보이긴 합니다만, 일단 들어 보십시오. 방금 ○○지점에 근무

했던 전 세무서장이란 사람을 만났는데, 청와대에서 비자금을 마련하기 위해 자연녹지와 그린벨트를 현 공시지가의 절반 가격에 판다고 제게 스폰서를 대라더군요."

－푸훗! 청와대에서 건물을 짓지도 못할 땅을 판다고?

"예."

－하면 그만한 조건이 있겠군그래.

"맞습니다. 일반주거나 일반 상업지역으로 용도 변경을 해 주는 조건이랍니다."

－쿠쿡, 사는 사람은 횡재하겠군.

"그렇게 되기만 한다면야 그렇겠죠."

－몇 평인데?

"대략 12만 평입니다."

－가격은?

"평당 30만 원으로 치면 360억 정도 되더군요."

－흠, 분명히 청와대에서 비자금을 조성하기 위해 한다고 했나?

"저만 들은 게 아니니 틀림없습니다."

－우리 회사도 포함되어 있다고?

"아뇨, 회사는 별도로 라인이 있다고 했습니다."

－뭔 소리야?

"그러니까 청와대 라인과 국정원 라인 그리고 정당 라인 이렇게 세 군데서 움직이고 있답니다."

－푸헐, 처음 듣는 소리로군.

　"담당자가 아니라면 조 과장님께서도 모를 수 있지 않겠습니까?"

　－그렇기야 하지만…… 영 뜬금없는 말이라 믿음이 안 가는군.

　"좀 알아봐 주시겠습니까?"

　－왜? 아니라면 잡아넣게?

　"사기꾼이니까요. 그리고 점조직으로 활동하고 있어서 파고들어 가면 고위층이 나올 것 같습니다. 아니면 고위층을 사칭한 자이거나요."

　－흠, 좋네. 내가 알아보고 알려 주겠네. 단, 자네는 끝까지 파고들어 가 보도록 하게.

　"안 그래도 그럴 작정입니다. 근데 이거 우리가 개입해도 되는 일입니까?"

　－우리 회사 업무의 범주는 사실 영역이 없다고 보면 되네.

　"후훗, 그 대신 정보 제공은 해도 직접 수사할 권한은 없지요."

　－맞아. 근데 그거 추적하려면 자금이 필요한 일이 아닌가?

　"당장 10억을 예치해 능력을 보이라고 하네요. 그래야 다음 일을 할 수 있다고요."

-좋으이. 그것도 업무니 끝까지 파헤쳐 보는 게 맞지. 땅 값이 240억이라고 했나?

"예."

-그럼 360억을 송금해 줄 테니 누구 이름으로 받을 것인지 정해지면 계좌번호를 찍어 주게.

"알겠습니다."

-그리고 이 돈은 자네 몫에서 뺄 것이니 그리 알게.

"그래야지요."

'젠장, 내 몫이 얼만지나 먼저 알려 주든지 하지.'

투자 규모를 알아야 계획을 세울 텐데 그렇지 못하니 어정쩡한 상태다.

'이래서 혼자 일하는 게 편하다니까.'

국정원이 개입되니 작전을 끝내 놓고도 눈치를 봐야 하는 상황이라 영 마음에 들지 않는 담용이다.

'쩝, 액수가 너무 컸어.'

그 많은 트럭과 돈을 담용 홀로 깔끔하게 처치하기는 지난한 일이었다. 이는 동료들을 모조리 투입해도 불가능한 일이라 애초부터 접었던 것이다.

그렇다고 노골적으로 내 몫이 얼마냐고 물어보기도 그랬다. 이유는 이제 갓 국정원 요원이 된 마당에 신입이 속물이란 인상을 줄 수도 있어서다.

-아! 그리고 조금 전에 갈성규 의원과 히메마사가 요정에

서 만났다는 정보일세.

"혹시 대화 내용이 뭔지 아십니까?"

―그건 모르네. 다만 히메마사는 나왔는데 갈 의원은 아직도 나오지 않고 있다는군.

"제가 어떻게 하기를 바라십니까?"

―이미 헤어졌으니 별다른 정보를 얻긴 힘들 거네. 하지만 주로 거기서 만날 것 같은 예감이니, 나중을 위해서라도 현장을 미리 살펴보는 게 좋겠지?

"답사해 봐야겠군요."

―그렇게 해. 요정의 위치는 문자로 알려 주지. 조심하고.

"옛!"

놈은 철부지니까요

거산실업 7층에 위치한 센추리홀딩스.

"헐, 왜 이리도 오랜만에 온 게야?"

오랜만에 사무실에 나타나 얼굴을 내비친 담용을 보고 마해천 회장이 지청구를 해 댔다.

"에이, 전화는 자주 드렸잖아요?"

이즈음에 와서는 마해천 회장과 담용 사이는 할아버지와 손자나 다름없어 두 사람 사이의 분위기만큼이나 말투나 호칭도 꼭 그랬다.

"인석아, 센추리홀딩스의 임원이란 녀석이 열흘 만에 나타나 낯짝을 비친다는 게 말이 돼?"

"하하핫, 제가 그렇게 보고 싶었어요?"

"얼라리? 말하는 본새 좀 보소. 인석아, 보고 싶긴 누가 보고 싶다고 그래!"

"이상하네. 친한 사이에 그렇게 버럭버럭 화를 낸다는 건 엔돌핀이 마구 생성돼서 무지하게 반가운 마음을 반대로 표현하는 것이라고 하던데……. 히히힛, 제 말이 맞죠?"

"흐이구, 제멋대로 갖다 붙이기는……. 인석아, 아침 일찍도 아니고 해가 다 져서야 온 연유가 뭐야?"

"헤헤헷, 오늘따라 회장님이 무지하게 보고 싶어서 안 오고는 못 배기겠더라고요."

"얼씨구! 못 본 사이에 입에 기름칠만 잔뜩 한 게로구먼."

"어? 진짜라고요. 오늘 안 보면 내일 눈을 못 뜰 것 같은 예감이었거든요. 그리고 오랜만에 회장님이 사 주는 밥도 먹고 싶어서 왔다니까요."

"원…… 별별별……."

딸깍.

담용의 밉지 않은 넉살에 처음보다는 조금 풀어졌는지 떨떠름한 표정을 짓던 마해천 회장의 눈에 담용이 문을 잠그는 것이 보였다.

"문은 왜 잠그는 게야?"

"히히힛, 회장님 기분을 풀어 드리려고요."

"내 기분 풀어 주는 것 하고 문을 잠그는 일이 무슨 상관이 있다고 그래?"

"이건 남이 보면 큰일 나거든요. 자, 지금부터 쇼타임이오니 자알 보세요."

그렇게 말한 담용이 양팔을 벌리면 조그맣게 외쳤다.

"야아아합! 떠올라라!"

"……?"

마해천 회장이 눈에 뭔 짓이냐는 듯 의문부호를 떠올릴 때다. 돌연 실내의 모든 물건들이 허공으로 부양하는 기이한 현상이 나타나는 것이 아닌가?

자연 기함하며 자리에서 벌떡 일어서는 마해천 회장의 눈이 있는 대로 커졌다.

"허헛! 이, 이게……."

깜짝 놀랐는지 얼른 벽 쪽으로 붙으며 사방을 연방 살피는 마해천 회장이다.

"얘, 얘야, 이게 대체……."

"하하핫, 회장님, 놀라지 마세요. 비교적 가벼운 물체만 움직였으니 다치시거나 집기가 부서질 염려는 없을 거예요."

그러고 보니 담용의 말대로 대개 책이나 볼펜 같은 비교적 가벼운 물체들이다. 책상이나 책장 같은 것은 꿈쩍도 하지 않은 채다.

그리고 전화기나 키보드처럼 전선이 달린 것들은 허공 멀리 부유하지 못하고 마치 하늘에 뜬 연처럼 끄떡거리고 있었다.

"이거야 원, 당최······. 허걱! 저, 저거······."

화등잔만 해진 마해천 회장의 눈에 그가 애장하고 있는 골동품들마저 둥둥 떠다니는 모습이 들어왔다.

백자 항아리, 고려청자, 백자청화화문연적, 하다못해 벼루까지······.

'으그그······ 저거 깨지면 안 되는데······.'

이제는 신기함보다 골동품이 부서질까 봐 전전긍긍하는 신세가 되어 버렸다.

그런 심정을 아는지 모르는지 전혀 아랑곳하지 않은 담용이 실실거리며 말했다.

"히히힛! 어때요? 신기하죠?"

'아구야, 이젠 좀 그만하지.'

하나, 차마 그렇게 말하지 못한 입에서는 엉뚱한 말이 튀어나왔다.

"그, 그래. 전번에도 본 적이 있다만······ 더 발전한 것 같구나."

골동품 때문에 심히 불안했지만 그래도 담용이 자신 앞에서 재롱을 부리느라 애쓰는 모습을 보니 흐뭇하기만 한 마해천 회장이었다.

뭐, 모습을 나타내자마자 느닷없고 어처구니없는 짓을 벌이긴 했지만 조금 불안한 것만 빼고는 돈 주고도 못 볼 신기한 광경이긴 했다.

"그동안 일은 안 하고 이것만 연습했냐?"

"헤헤헷, 매일매일 수련한 결과지만, 일은 안 할 수가 없지요."

"하긴……."

남들은 지니고 싶어도 지니지 못하는 신비한 능력을 가진데다 돈의 맥을 어찌나 잘 잡아내는지 움직이면 모두 수익으로 창출해 내는 재주까지 갖춘 담용이다. 그렇게 바쁜 와중에도 짬짬이 능력을 개발하는 데 힘썼다니 대견하기만 했다.

"이것도 염력인 게냐?"

"예, 염동력 중 텔레키니시스(telekinesis : 염력)라는 영역인데, 물체를 초감각적으로 컨트롤할 수 있어야 해요."

"말만 들어도 어려워 보이는구나."

기실 말은 쉽게 했지만 세밀하고도 조밀한 염력 조절이 가능해야만 시전할 수 있는 초능력이었다. 이른바 아이템스 컨트롤이라는 것으로, 수발이 자연스럽고 자유자재여야 시전할 수가 있었다.

그렇지 않다면 물체끼리 일정한 궤도를 돌지 못하고 부딪쳐 금세 엉망진창이 될 것이다. 당연히 마해천 회장이 아끼는 값비싼 골동품도 예외는 없다.

그러나 담용은 알고 있었다. 무궤도無軌道처럼 일정한 방향과 규칙 없이 움직여도 제자리를 찾아가게 하는 것이 훨씬 고난도 기술이라는 것을.

아직 그런 경지에 이르지 못한 담용은 지금 보여 준 것이 최선이었다.

"헤헤헷, 다음에는 다른 걸 보여 드릴게요."

"그, 그래. 그나저나 무척 어지럽구나. 이제는 그만 치워라."

그렇게 말하면서도 시선은 골동품에서 떨어지지 않는 마해천 회장은 계속 조마조마해했다.

"옙! 고우 백(go back : 원위치)!"

스스스스……

담용의 주문에 마치 귀소본능이 인식된 인공지능 로봇처럼 물건들이 제자리를 찾아갔는데, 마지막까지 소리를 내지 않는 신기를 보여 주었다.

그 모습에 속으로 '후유우' 하고 가슴을 쓸어내린 마해천 회장이 소파에 털썩 주저앉았다.

"에구구, 심장이 다 쪼그라들었나 보다."

"히힛, 놀라셨어요?"

"그렇잖고. 신기한 구경을 시켜 주는 것도 좋다만, 다음부터는 예고를 해 주고 보여라. 늙은이 간 떨어지겠다."

"하핫, 그럴게요."

한바탕 진기한 쇼를 벌인 담용도 마해천 회장 맞은편에 엉덩이를 걸쳤다.

"그래, 무슨 바람이 불어서 온 게야?"

"에…… 말씀드렸다시피 회장님 얼굴 보고 싶어서 온 게 첫째고요. 이거 진심인 것 아시죠?"

"그래, 그렇다 치고. 그다음은 뭐냐?"

"진짠데…… 히히힛. 두 번째는 제가 돈을 엄청 벌었다는 소식을 전해 드리고 싶어서 왔지요."

"엉? 돈을 벌어? 뭔 일로?"

"에…… 그건 말씀드릴 수가 없으니 궁금해하셔도 어쩔 수 없어요."

"쿵! 구린 돈이면 줘도 반갑지 않으니 그리 알어."

"에이, 구린 돈도 빨래하면 깨끗해져요."

"헐! 어찌어찌해서 번 돈이라 쳐도 결국은 세탁한 돈이란 얘기군."

"히히힛, 아무려면 어때요? 개같이 벌었어도 정승같이 사용하면 되는 거죠."

"거참, 왜놈들도 참 머리가 안 돌아가는 모양이구나."

"예?"

"아, 그렇게 당해 놓고도 네게 또 당하니까 그러지."

야쿠자들의 돈을 강탈한 사실을 일부분 얘기해 줬기에 하는 소리다.

"아아, 이번에는 그놈들이 다른 사람 말을 듣다가 털렸으니…… 하하핫, 어차피 마찬가지이려나?"

담용은 실실 웃으며 정답을 비켜 갔다. 뭐, 가끔은 진실이

묻혀 있을 때 더 아름다운 법이니까.

"크흠, 그래, 얼마나 벌어 왔기에 그리도 뻐기는 게야?"

"에이, 뻐기긴 누가 뻐겼다고……."

기실 마해천 회장의 얼굴을 대하고 보니 기분이 풍선처럼 하늘로 둥둥 떠다니는 듯 황홀한 상태이긴 하다. 어마어마한 수입이 생긴 데 반해 그동안 어디다 자랑할 곳이 없어 약간은 들뜬 마음이었던 것이다.

그래서 마해천 회장이 뻐겨도 부담 없을 사람이기에 허파에 바람 든 놈처럼 실실거리는 것이다. 기실 싫은 기색 하나 없이 다 받아 주고 있지 않는가?

"암튼 얼만데?"

"히히힛."

이상하게도 바보처럼 실없어 보이는 웃음이 자꾸 튀어나왔다.

"얼라리요! 얼마냐고 묻잖아?"

"얼만지는 아직 결정이 나지 않아서 잘 모르겠어요."

"엥? 모르다니?"

"그게…… 정산을 해 봐야 돼서요."

"정산? 도시 모를 소리만 하는구나."

"뭐, 그건 정산이 되면 알려 드릴 테니 지금은 그렇다는 것만 알고 계세요. 그건 그렇고요. 회장님 이름을 좀 빌려주셔야겠어요."

바인더북

"엉? 내 명의를 빌려 달라고?"

"예, 사실은……."

담용은 잠시 동안 엄수용과 만났던 얘기를 털어놓고는 말을 이었다.

"저야 너무 젊으니 10억만 예치해도 부쩍 의심할 테고요. 법인 역시 자격이 안 된다고 하니 센추리홀딩스도 곤란하고……. 그러니 어쩌겠어요? 천생 회장님 명의를 좀 빌려야지요."

"그…… 어째 사기꾼 냄새가 나는 것 같지 않으냐?"

"제가 그걸 왜 모르겠어요. 법인 회사가 자격이 안 된다고 하는 것부터 말이 안 되니까요."

"그렇지. 아마도 비영수 문제 때문이겠지."

"그렇더라도 만에 하나 사실이라면 횡재하는 것 아니겠어요?"

"쿵, 0.1퍼센트의 확률도 없는 소리다."

"사기당하지 않을 자신은 있어요."

"뭐, 네가 정 하겠다면 돈을 빼 주도록 하마."

"하핫, 그럴 필요는 없어요. 제가 여기로 오면서 법인 계좌를 모 기관에다 알려 줬으니, 내일쯤 돈을 송금해 줄 겁니다."

"그으래? 어, 얼마나?"

"360억요."

"헛! 뭐, 뭐시라? 사, 삼백육십억!"

"예, 그건 극히 일부분이고 아마 정산이 끝나면 그것보다 더 많이 입금될 거예요."

"헐−! 360억이 극히 일부분이라고? 대체 뭔 일을 했기에 돈을 이렇게 많이……."

듣자니 어이가 없는지 책상 위에 놓인 물을 벌컥벌컥 마셔 대는 마해천 회장이다.

"이놈아, 폐일언하고 한 가지만 묻자."

"뭐, 뭔데요?"

"너……."

"예?"

벌컥벌컥.

또다시 물을 들이켠 마해천 회장이 정색을 하고는 입을 열었다.

"그 돈 말이다."

"예."

마해천 회장이 정색하고 나오니 조금 불안해지는 담용이다.

"너와 세 늙은이의 목숨 그리고 사업체까지 말아먹을 버릴 독약인 건 아니겠지?"

'에구, 난 또…….'

괜히 졸았다는 마음에 담용이 또 실실 웃어 댔다.

만약 그런 일이 벌어지면 딱 5년만 차크라를 수련한 후, 일본으로 건너가 야쿠자들과 전쟁을 불사할 것이다. 그리고 망언을 일삼는 일본 정치인들까지 깡그리······.

'쩝, 미리 사서 하는 걱정은 쓸데없는 짓이지.'

이미 담용의 손을 떠난 일이었고, 그저 국정원의 능력을 믿을 뿐이다.

"회장님, 그럴 일은 절대 없을 테니 마음 푹 놓으셔도 됩니다."

"에잉, 이미 벌어진 일인데 뭘 더 어쩌겠느냐? 만약에라도 일이 벌어지면, 그때 가서 대처할 일이니 미리 사서 걱정할 필요는 없지."

"히히힛, 제 말이 그 말이라고요."

"그건 그렇고 우리 일은 언제 할 거냐?"

"아! 이제 그 이야기를 할 차례네요."

"괜찮은 물건이 있더냐?"

"한농그룹에 대해서 아시지요?"

"알지. 그런데?"

"한농그룹의 도레미백화점이 곧 경매에 나올 겁니다."

"헐! 박 회장의 사업체가 그 정도로 다급해졌나?"

약간의 안면이 있는 듯한 말투다. 하기야 서로 간에 돈거래를 한 적이 있었다면 그럴 법도 했다.

"IMF 상황에서는 무슨 일이 생길지 모르니까요."

"그래도 그렇지. 요즘은 자고 일어나면 믿는 도끼에 발등을 찍히는 기분이니 원. 거참, 실업자가 그만 생겨야 할 텐데…… 큰일이로세."

"회장님, 여기 도레미백화점에 관한 서류입니다."

"어디 보세."

담용이 내미는 서류를 대충 훑은 마해천 회장이 물었다.

"도레미백화점이 지방에도 있는 걸로 아는데……."

"거긴 아직 중요하지 않아서 시간이 있습니다."

"하긴 서울이 포커스지. 보자, 네 지점을 합산한 금액이 3천3백억이면…… 어떻게 되지?"

"낙찰 예상가 말입니까?"

"그래, 얼마나 잡아야 하는 게냐?"

"1천8백억 정도 예상하시면 될 겁니다."

"가치 평가액의 절반이 좀 넘는군."

사실 IMF 상황만 아니라면 터무니없는 가격이다.

정상적인 시장 상태라면 원래가 가치 평가액을 상회하는 값어치를 지니는 것이 보통이지만 지금은 시중에 자금이 없는 상태라 부동산의 가치가 하락할 대로 하락한 터였다. 쉽게 말하면 돈을 쥐고 있는 사람이 장땡이니 부동산은 그 돈을 쥔 사람의 움직임에 따라 이동해야 하는 형국인 것이다.

고정된 재산인 부동산이 이동할 순 없는 노릇이니 그 소유자가 발 벗고 나서서 팔아야 하는 셈이다. 고로 캠코 같은 자산관리공사에 의뢰해서 법인 자산을 처리하는 것도 한 방법인 것이다.

"경합 상대는? 혹시 파이낸싱스타냐?"

"아마도요."

"헐! 악연인가? 왜 이리 자주 부딪치는 게야?"

"주문을 받았으니까요."

"주문이라니? 누가? 아니, 누구에게서?"

"LD그룹이 파이낸싱스타에 주문을 한 거죠. 도레미백화점을 사서 건네 달라고요."

"LD그룹? 아아, LD그룹이라면 유통 업계를 반분하고 있으니 그럴 만하군. 근데 직접 사지 않고 왜……?"

"LD그룹도 예외는 아니어서 매입 자금이 없는 거죠."

"그렇군. 그런데 왜 하필이면 파이낸싱스타야?"

"달리 의뢰할 곳이 없잖습니까?"

"왜? 모건스탠리도 있고 골드만삭스도 있는데."

"물론 그 외에도 외투사야 많지만, 외투사마다 자금을 굴리는 방식이 각각 다르니까요."

"하면?"

"파이낸싱스타는 매입할 때 돈을 빌려주거나 또는 일정 기간 유예해 주는 투자사니, 당장 자금이 모자라는 기업체가 선택하기에 알맞지요."

"헐! 그렇게까지 해서 이익이 생기나?"

"훗, 투자사들의 본질을 모르고 하시는 말씀은 아니시지요?"

"그야…… 론에 대한 이자가 만만치 않겠구나."

"사안에 따라 이자율이 다르니까요. 그리고 부동산을 잡고 있으니 떼일 염려도 없고요."

"그렇군."

"매입을 의뢰한 기업이 돈을 완불할 때까지 임대업을 해서 수익을 창출할 수도 있는데, 이는 매입 시 지출된 자금의 손실을 훌륭하게 보전해 주는 장치가 됩니다. 또 설사 의뢰자가 매입을 하지 못할 상황이 발생할지라도 계약금을 반환할 필요가 없으니 손해라고 보기 어렵죠. 거기에 약간의 수선이나 리모델링을 거치게 되면 의뢰자가 제시한 가격보다 높은 가격에 리세일을 할 수 있으니, 손해를 볼 하등의 이유가 없지요."

"역시…… IMF는 돈이 모든 걸 대변하는 시기로군."

"하하핫, 그래서 저도 기를 쓰고 돈을 벌어 왔지 않습니까?"

"큥, 자금은 늘어서 좋다만, 국세청에서 자금의 출처를 문제 삼을 수도 있겠어."

"IMF 기간 동안은, 아니 한참 더 세월이 흘러야 할 겁니다. 지금은 어떤 수단과 방법을 동원해서라도 외자를 끌어들여 이 나라를 살리는 데 역점을 두고 있는 실정이니까요. 더

심하게 말하면 악마에게 혼을 팔아서라도 경제를 살리는 것이 우선이라는 겁니다."

"허허허, 네 말은 국세청에서 설혹 알고 있더라도 모른 척한다는 뜻이냐?"

"뭐, 그렇지 않겠어요?"

"흠, 일리가 있구나."

'쯧, 내라면 내지 뭐. 어차피 정상적으로 번 돈도 아니니⋯⋯.'

사실 피의 값만큼 무거운 돈이라 부담이 적지 않다.

'후훗, 권력을 확 잡아 봐?'

이 나라에 정권과 사법부의 비호 아래 누구나 다 아는 탈세 비리가 무산되는 일이야 흔한 일이지 않은가?

'아서라. 팔자에도 없는 짓거리는 수명만 단축할 뿐 아무런 이득이 되지 않는다.'

다만 자산이 기하급수적으로 증가해 세무당국의 감시의 시선이 몰리면 사업에 지장이 있을까 저어됐다.

설사 출처나 세금 문제 모두 정당하다고 해도 갑자기 수천억 원이 유입되는 것은 좋지 못한 결과를 가져올 확률이 컸다.

그러나 향후 경제가 안정된 후라면 세금을 더 내는 것이야 얼마든지 감수할 수 있다.

어차피 사회에 환원할 돈들이니 그때가 되면 오히려 떠맡기고 줄행랑을 놓을 생각이다.

그렇게만 된다면 얼마나 홀가분할까만 지금은 아니었다.

담용에게 이제 과거의 물은 이미 빠지고 없다. 기억 저편에서의 서른여덟 살의 물 말이다.

결코 세상을 내 중심으로 돌아가게 할 생각도 없는 담용이다. 그저 평범하거나 혹은 조금은 특출한 삶 속에서 풍요를 누리고 싶은 뿐.

그러나 물들어 왔을 때 노 젓는 법.

챙길 수 있을 때 왕창 챙겨서 인심이 곡간에서 나옴을 알려 줄 작정이다.

"만약에 말입니다. 이런 경제 위기 상황에서 국세청이 모 기업에 유입된 자금 출처 조사를 한다고 해 보세요. 어떤 일이 생길지 상상이 가지 않습니까?"

모르긴 해도 국내 경제가 바닥을 모르고 끝없이 가라앉을 것이다.

"이 나라 경제에 해악을 끼치는 행위만 아니라면 내가 대통령이라도 모른 척하겠군."

"저라도 그러겠습니다."

"어쨌든 경쟁 상대는 파이낸싱스타라 이거로군."

"예."

"작전은 세워져 있는 건가?"

"작전이라고 별것 있겠습니까?"

"그럼?"

"이번 물건은 2천5백억까지 무조건 갑니다."

"헐! 막무가내로?"

"하하핫, 제가 장담하는데요. 파이낸싱스타는 우리에게 절대 지려고 하지 않을 겁니다."

"어째서 그렇게 큰소리치는 건가?"

"히힛, 거기 대표가 좀 철부지거든요."

이미 체프먼의 성격을 파악하고 결전에 임하는 담용만이 할 수 있는 말이었다.

디리리. 디리리……

마해천 회장의 책상에 놓인 전화기가 울었다.

"이 시간에 누구지?"

시간이 늦어 직원들이 모두 퇴근한 후여서 마해천 회장이 전화기의 스피커폰을 눌렀다.

"거산실업입니다."

─아! 회장님께서 직접 받으시는군요. 회장님, 상승건설의 성치홍입니다.

"아! 어쩐 일인가?"

─전화로 길게 얘기할 수 없으니 간단하게 말씀드리겠습니다.

"그러게나."

─혹시 회장님 주변에 힘으로 해결할 만한 조직이나 사람

이 있는지요?

"엉? 그게 무슨 말인가?"

─사실 지금 이곳 공사 현장이 일주일째 일을 못 하고 있는 상황입니다.

"아니, 왜?"

─그게 말입니다. 이 지역의 폭력배들이 조직적으로 공사를 방해하고 있어서요.

"헐! 경찰에 신고는 했는가?"

─했지만 아무런 소용이 없습니다. 경찰의 눈을 피해서 교묘하게 방해하고 있어서요. 자재를 싣고 오는 트럭을 막거나 아니면 기사들을 협박하는 등 갖은 수단을 다 동원하는 통에…… 심지어는 밤에 경비원을 때려 중상을 입히고는 자재를 다 훔쳐 갑니다.

"그놈들이 괜히 그럴 리는 없을 테고, 이유가 뭔가?"

─휴우! 상가 분양권을 내놓으랍니다.

"뭐라? 상가 분양권을 달란다고?"

그 말끝에 마해천 회장의 시선이 담용에게로 향했다가 거둬졌다.

─예, 육 팀장과 계약한 상가 분양권 말입니다.

사실 브릿지론으로 인연이 됐다가 센추리홀딩스에서 공동 투자를 원해 동업 형식의 사업으로 결정된 것이 판교 아파트 건설공사다.

거기에 담용의 회사인 KRA가 상가 분양권을 맡기로 하고 이미 분양 보증금을 지불한 상태였다.

스피커폰에서 들려오는 말에 담용의 눈이 좁아진 연유가 거기에 있었다.

"하면 분양권을 사겠다는 건가?"

-그럴 리가 있겠습니까? 공짜로 달라고 하니 문제지요.

"흠, 그런 요구라면 관철될 때까지 방해를 하겠군."

-그렇습니다. 혹시 해결 방법이 없을까요?

"알았네. 내 곧 해결사를 수배해서 연락해 주도록 하지."

-아이고, 가, 감사합니다!

"해결사가 갈 때까지 사람이나 다치지 않도록 주의하게나."

-그럼요. 고맙습니다.

"그래, 이만 끊지."

-예!

뚝.

"이렇다는데?"

"해결사는 있습니까?"

"없어."

"예? 그런데 왜……?"

"너 있잖아?"

"에? 저, 저요?"

"네 일이니 네가 해결해."

'우쒸……'

"야, 불곰!"

-넵, 형님.

"판교 지역에 대해 좀 알아?"

-아! 족보 말입니까?

"그래."

-왜? 무슨 일이 있습니까?

"그놈들이 내 사업을 건드렸다."

-하하핫, 죽으려고 백을 쓰는 놈들이군요.

"인마, 객쩍은 소리 말고. 알아? 몰라?"

-거긴 신규 지역이 돼 놔서 어떤 놈이 똬리를 틀고 있는지 잘 모릅니다.

"알아볼 수는 있고?"

-뭐, 별로 멀지도 않으니 늦어도 한 시간 안에는 밝혀질 겁니다.

"좋아, 기다리지."

-넵! 충성!

고위층 Ⅱ

과거 한때 요정 정치의 메카였던 종로구.

요지경의 나라가 따로 없었던 60, 70년대의 이 나라 정치 1번지.

썩은 정치인들의 온상이었던 요정에 틀어박힌 고관대작 들은 거기서 흐느적거리며 밤이 짧은 걸 아쉬워했었다.

국민들은 쫄쫄 굶고 있는 판국에 세금 도둑인 정치인들은 음침하고 도색적인 밀실 문화에 젖어 검은 돈과 불가분으로 얽히고, 술과 가무와 색정이 한데 버무려진 얄궂은 귀족놀음 에 빠져 헤어나질 못했던 것이다.

그야말로 부끄러운 자화상이 아닐 수 없다.

이렇듯 밤이면 밤마다 흥청망청해 대며 국민의 등골을 빼

먹었던 썩어 빠진 정치인들의 계보를 잇는지 그들 중 일부는 작금에 와서까지도 요정에서의 밀실 정치를 마다하지 않고 있었다.

종로구 가회동.

21세기를 맞이한 밀레니엄 시대에도 옛 정취를 간직하고 있는 가회동은 여러 갈래의 얼기설기 엮인 좁은 골목이 주변을 지나는 사람들로 하여금 절로 정겨운 마음이 들게 했다.

한데 옥에 티처럼 몇몇 단골고객들만이 출입이 가능한 요정이 있는 듯 없는 듯 군데군데 자리하고 있었으니, 그중 하나가 월정옥이다.

작금에 와서 요정은 시대의 변천을 거스를 수가 없었던지 예전과는 많이 달라졌다.

변화의 큰 틀은 다름 아닌 하루에 딱 한 팀의 고객만을 맞아들인다는 점이었는데, 다른 요정들도 똑같은 영업 방식을 고수하고 있었다.

오늘 월정옥의 고객은 히메마사였다.

히메마사가 접대할 손님은 갈성규 의원이었는데, 밤이 깊어 갈 즈음에 구 정치인의 작태를 벗지 못한 그는 뇌물과 향응에 이어 성 접대까지 받고 있는 중이었다.

때를 맞춰 도착한 담용은 월정옥이 훤히 내려다보이는 맞은편 옥상에서 팔짱을 낀 채 주변을 살피고 있었다.

곧 사그라질 듯한 희미한 가로등 불빛만이 덩그런 사위는 괴괴한 어둠에 잠긴 지도 오래.

조재춘이 알려 준 대로 월정옥을 찾아온 담용은 이미 주변의 상황, 즉 지형지물 그리고 가옥의 구조 등을 파악한 뒤였다. 이제 월정옥이 가장 잘 보이는 지점을 택해 잠입 시기를 기다리고 있는 중이었다.

복장은 가뿐한 야행의 차림에다 등에 착 달라붙는 색을 맨 채였다.

여기에 이미 한 번 시도해 봤던 스타킹만 덮어쓰면 정체를 감쪽같이 속일 수 있을 터였다.

'흠, 요정치고는 의외로 방범 시스템이 잘되어 있는 편이긴 한데…….'

주변을 탐색할 때 감시 카메라를 피하느라 꽤나 애먹었다.

가회동같이 좁은 지역에 주차장을 들일 만한 공간이 있을 수 없어 갈성규 의원의 차량 기사는 조금 떨어진 곳에서 대기하고 있을 것이니 신경을 쓰지 않아도 되었다.

'근데 일반 음식점이라고?'

월정옥의 대문에는 버젓이 '일반 음식점'이란 표찰이 붙어 있었다.

'거참, 서울시 위생 관련 부서 담당자들을 어떻게 구워삶았기에 요정이 일반 음식점으로 둔갑할 수 있단 말인가?'

말은 그렇게 해도 미루어 짐작할 수 있는 일이다.

어느 놈의 주머니엔 금방이라도 주저앉을 자가용을 새것으로 교체할 돈이 생겼을 테고, 어느 놈은 불법 업소에 이어 탈세할 길이 열린 것이리라.

서로가 꿍짝이 맞아야만 저런 짓이 가능한 것이다.

'쯧, 차크라를 좀 더 열심히 수련해 텔레키니시스를 높여야지 이거야 원 불편해서…….'

요정 안을 환히 들여다볼 수 있는 능력이 있다면 보다 일이 쉬울 것이나 그렇지 못하니 아쉬웠다.

담용은 이미 사이킥 파워를 사용할 수 있는 자, 즉 ESP(ExtraSensory Perceptione : 초능력자)인 것이다.

기왕에 들어선 길, 염력을 높이려면 차크라의 수련은 필수적이다.

수련의 경지에 따라 염력의 양이 좌우되는 것이야 당연한 이치이지만 그게 결코 쉽지가 않은 것은 담용이 오랜 시간을 통해 수련하기 힘든 직업인이기 때문이다.

담용도 뭔가 2퍼센트 부족함을 느껴 머지않아서 특단의 조치를 취하지 않으면 안 되겠다 생각하고 있었다.

'쯧, 언제 한번 지리산이라도 다녀와야겠어.'

집 근처에 있는 성주산에서의 수련으로는 부족한 점이 있었던 것이다.

에스퍼들에게 있어 사이킥 파워는 힘의 원천이다. 즉, 내공을 익힌 무사들의 진원지기나 같은 것으로, 염력이 일정

경지에 이르게 되면 클레어보이언스clairvoyance의 시전이 가능해진다.

클레어보이언스란 흔히 말하는 투시력이다. 이 또한 발전하면 제2의 시력이라고 할 수 있는 텔레파시에 의한 천리안을 소유할 수 있다. 당연히 제2의 귀라고 하는 천리청도 가능하다.

이 외에도 불가에서 말하는 육신통의 경지에 이르러 여섯 가지 불가사의하고 자유자재한 능력을 얻을 수 있다.

그뿐만 아니라 벽 같은 장애물을 그대로 통과하는 등의 능력 또한 바라볼 수가 있었다.

그렇다고 벽 건너편에 있는 사람의 마음을 읽거나 혹은 물체를 들어 올리는 높은 수준의 정신적인 초능력이나 눈에서 광선을 쏘아 내는 육체적 초능력의 경지까지 이를 자신은 없다.

이는 선천적으로 태어난 강력한 정신적, 육체적 에스퍼들의 전유물이거나 아니면 소설이나 영화상에서만 볼 수 있는 SF적 공상일 것으로 담용은 치부해 버렸다.

하지만 공상이나 허구로만 치부해 버렸던 일들이 하나씩 실현 가능해지고 있다. 그러니 사이킥 파워의 경지를 차근차근 밟아 가면 또 모르는 일임을 지금의 담용은 알지 못했다.

'시간이……?'

벌써 도착한 지 4시간이 지나 새벽을 향하고 있었다.

'적당한 때군.'

새벽 2시라면 특별한 일이 없는 한 깊이 잠들었을 때다.

'이제 슬슬 들어가 볼까?'

탐색을 끝낸 담용이 착지 지점을 살피며 일찍이 의식해 놓은 뜰의 한쪽을 쳐다보았다.

목적지는 별채였지만 먼저 신경을 써야 할 부분이 있었다.

그리 넓지 않은 뜰은 잔디밭이었고 본채와 별관으로 이어지는 길목만 징검다리로 표식을 해 놓아 나름대로 운치를 더한 월정옥이다.

한데 보안등이 뜰을 밝히는 한 귀퉁이에 보기만 해도 무시무시한 맹견 두 마리가 제집 앞에 엎드려 있는 모습이다.

시커먼 빛깔이라는 점에서 두려움이 더 강하게 느껴지는 맹견이었다.

물론 일찌감치 담용이 놈들을 봤듯이 놈들도 담용을 인식하고 있었지만 지금까지 서로 소 닭 보듯 하고 있던 중이었다.

담용은 그래서 맹견들이 아주 영리한 놈이라는 것을 알았다. 자신들에게 위해를 가하지 않는 이상 괜히 동네 시끄럽게 상대하지 말라는 주인의 의도를 잘 숙지하고 있다는 의미다.

집에서 키우는 동구와 순성이와 조금 닮은 듯해 보이지만 체구가 좀 더 굵은 것이 도베르만 핀셔는 아닌 것이 확

바인더북

실했다.

뭐, 맹견에 대해 지식이 일천한 담용이라 믿어 볼 것은 하나밖에 없다. 바로 지금 지니고 있는 능력 중 하나인 애니멀 커맨딩이다.

물론 사용할 기회가 많지 않았던 능력이다.

다만 동구나 순성이 혹은 성주산에 서식하는 다람쥐나 새들을 상대로 가끔 재미삼아 시도해 봤던 덕에 서로 친분(?)을 나눌 수준은 되었다.

결론은 웬만한 짐승들과는 친화가 가능하다는 것이다.

'흠, 우선은 감시 카메라부터…….'

담용은 잠입하기 전에 미리 보아 둔 감시 카메라부터 처리하기로 마음먹었다.

가장 먼저 처리해야 할 감시 카메라는 대문에 거치되어 양쪽 담장을 향하고 있는 두 대다.

가옥 내에 감시 카메라에서 보내오는 영상을 감시하는 부스와 감시자가 없길 바라는 마음뿐이다.

뭐, 주요 시설도 아니고 지켜야 할 모 단체의 비밀 아지트가 아닌 바에야 없을 확률이 더 크겠지만 말이다.

담용은 눈에 힘을 주면서 오른손을 천천히 들어올렸다.

떨꺽.

물리력이 가해진 감시 카메라에서 미세한 음향이 일었을 때 엎드려 있던 맹견들의 상체가 세워졌다.

'훗, 민감한 녀석들.'

끼이이이…….

서서히 고개를 쳐든 감시 카메라가 15도 각도를 이뤘다 싶을 때 담용은 지체 없이 움직였다.

스윽. 종긋.

담용이 움직이자, 맹견들도 귀를 더 꼿꼿하게 세우며 금방이라도 일어날 태세를 취했다.

'헐, 정말 예민한 놈들일세.'

하기야 사람보다 수백 배에 달하는 후각을 지녔으니 이해하지 못할 바도 아니었다.

게다가 가옥들이 밀집되어 있는 곳에서 맹견을 키우는 걸로 보아 훈련을 제대로 시켰을 것이 틀림없다.

그래 봤자 꼬시면 넘어올 수밖에 없는 미물이다.

담용은 페르몬을 뿌리듯 이미 동물들과 정신 교감을 할 수 있는 신체의 초감각 능력을 일깨웠다.

물론 눈빛이 주된 원천이지만 그것은 가까이 가야 효력을 발휘할 것이다.

이유는 개들이 후각에 비해 시각은 별로이기 때문이다. 50미터만 떨어져 있어도 주인을 알아보지 못하는 시력이니 말이다.

그래도 처음 보는 맹견들과 트랜스가 되어 영적 감응을 해보는 경험은 도베르만 핀셔 이후에 처음이라 살짝 긴장이 되었다.

크르르르…….

차착.

담용이 뛰어내리는 탄력으로 정원수 가지를 잡고는 철봉을 하듯 몸을 채어 뜰에 사뿐 착지했을 때, 맹견 두 마리는 이미 일어나 전신의 신경을 곤두세운 채 금방이라도 침입자를 향해 달려들 기세를 취했다.

그러나 불행히도 든든한 체인에 묶인 몸이라 행동반경이 좁다 보니 놈들이 할 수 있는 것은 그저 최대의 위협을 가하는 것뿐이었다.

'헐, 대단한 놈들일세.'

처음부터 왈왈 짖어 대지 않는 놈이라는 건 그만큼 사납다는 의미다.

맹견들과 눈을 마주친 담용은 전혀 두려워하지 않고 다가갔다.

그 순간 친화력을 지닌 페르몬이 확 뿌려졌다.

꾸우웅, 꽁.

효과가 있었는지 담용이 다가갈수록 꼬리를 마는데 이어 확연히 느껴지는 친근함이 피부로 다가왔다.

친화력을 지닌 페르몬의 방출에 자신들의 적이 아니라 여겼는지 손부터 내미는 담용의 행동에 곧추세웠던 머리를 숙이는 맹견 두 마리다.

말이 필요 없는 인간과 짐승 사이에 영적 교감이 이루어지는 순간이었다.

'조용히 있어야 한다.'

번갈아 가며 두 녀석의 턱 밑을 만져 주며 의념을 전한 담용은 별채로 향했다.

본채는 연회장이고 별채는 숙소, 즉 고객들이 잠을 자는 방인 셈이다.

그러나 별채를 가로지르는 방향을 비추는 감시 카메라가 있었기에 먼저 처리하고 움직여야 했다.

건물의 음영이 진 곳에 걸음을 멈춘 담용은 감시 카메라를 무용지물로 해 놓고는 잠시 기다렸다.

아무런 동정도 없었다.

'역시 감시하는 부스는 없는 모양이군.'

있었다면 지금쯤 감시 카메라를 점검하러 나왔어야 했다.

별채를 세밀히 살핀 담용은 더 이상 감시 카메라가 없는 것을 확인하고는 신속히 움직였다.

별채는 오로지 고객만을 위한 공간인지 일절 다른 인기척은 느껴지지 않았다. 다만 사람이 머물 만한 안채에서 희미한 불빛만이 새어 나올 뿐이었다.

길지 않은 뜰을 지나자마자 디딤돌을 딛고 대청에 올라섰던 담용이 기척도 없이 불빛이 새어 나오는 사분합문 앞에 섰다.

무더운 여름이라 덧문이 활짝 열려 있어 귀찮음을 덜었다.

사분합문은 가정집인 만큼 크기가 작았다.

사분합문이란 하나의 문틀에 문짝이 넷으로 되어 열리고 닫히는 문을 말한다.

이쯤에서 주변을 살피는 것은 기본적인 일이라 잠시 호흡을 안정시켰다.

이어 스타킹을 뒤집어썼다.

어차피 시간을 끌어 봤자 좋을 일이 없는 침입자다 보니 얼른 차크라의 기운을 귀로 집중시켜 안의 동정을 살폈다.

기대한 대로 두 사람의 호흡이 고르게 들려오고 있었다. 호흡이 일정하고 고르다는 것은 잠에 취했다는 뜻이다.

'잘됐군.'

방사라도 치르는 중이었다면 곤란했을 터였다. 위선이니 뭐니 해도 방사를 치르는 것까지 방해하고 싶지는 않았던 담용이다.

창호지에 격자문양의 미닫이문은 가벼워서 약간의 힘만 주어도 열 수 있다.

'어라? 안 잠겼어?'

가볍게 열리는 것이, 두 마리 맹견을 너무 믿는 건가 싶었다.

하기야 열기도 가시지 않는 한여름 밤에 문을 꼭꼭 닫고 잘 일은 없다.

스…… 스르…… 스르르르…….

미세한 소음도 없이 최대한 은밀하게 열고 들어서니 가장 먼저 한옥에 그리 어울리지 않는 침대가 눈에 들어왔다.

그림자가 되어 침대로 다가가 벽에 붙은 담용의 코에 느껴지는 비릿한 냄새.

'윽.'

남자라면 누구나 다 아는, 사정을 했을 때의 냄새였다.

유난히도 밝은 담용의 눈에 들어온 모습, 역시나 짐작한 대로 두 남녀가 벌거벗은 채로 엉켜 있었다.

질펀한 방사의 흔적, 즉 남녀의 속곳들이 방 안 곳곳에 널려 있었다.

신안神眼까지는 아니어도 차크라의 기운이 쏠린 담용의 눈은 실내를 대낮처럼 볼 수 있어 금세 남자가 갈성규 의원임을 알아보았다.

50 중반이긴 했지만 몸 관리를 잘해 왔는지 젊은이 못지않게 건장했다. 더구나 반듯하게 누워 있어 적나라하게 드러난 거시기도 실한 것이, 열 여자라도 마다하지 않을 정력가로 보였다.

'참…… 대책 없는 양반일세.'

그런 갈성규 의원을 뱀처럼 온몸으로 안고 있는 여인은 젊고도 젊었다.

'미인이군.'

아무렇게나 헤쳐진 단발머리 아래 긴 속눈썹을 내리깔고 잠들어 있는 여인은 대략 20대 후반으로 보였다.

여인이 모리시타임을 알 리 없는 담용이라 월정옥의 접대부라고만 여겼다.

'젠장, 어디로 가나 제법 반반하다 싶으면 거의 유흥가에 몸담고 있으니⋯⋯.'

이렇게 몸을 함부로 굴리고도 시집만 잘 가니 참 문제가 아닐 수 없다.

당연히 술과 담배를 하는 것은 필수일 것이니 그런 몸뚱어리로 결혼한 여자의 몸에서 어찌 제대로 된 2세가 태어나겠는가?

결혼 전에 '술과 담배를 절제하고 멀리하면 되겠지.'라고 하겠지만 유전인자는 이미 기억한 뒤다.

당연히 2세는 기억한 유전인자를 지니고 태어나기 마련이다.

약 80퍼센트!

무슨 말이냐 하면 2세의 몸에서 모계의 유전자가 차지하는 비율을 말한다.

결국 개인적으로는 본인에게 천형이 될 테지만, 국가적으로도 손해고 인류적으로 미래가 없는 것이다.

남자라고 예외일 수는 없다.

자신의 몸을 함부로 굴려서야 씨앗이 어찌 탄탄한 열매를

맺을 수 있을까?

씨앗도 튼튼, 밭도 튼튼.

이렇듯 상호 간에 균형을 이뤘을 때 비로소 원하는 2세를 바랄 수 있음은 진리 이전에 상식이다.

이렇게 우리는 왕왕 지극히 간단한 상식을 무심코 지나치는 경우가 많다.

갈성규 의원도 마찬가지다.

저 작자는 국민들에게 근심덩어리이고 국가에는 우환덩어리다.

나아가 항차 집권당에는 골칫덩어리가 될 것이고 동료 선량選良들을 함께 싸잡아 놀고 가는 망신거리가 될 것이 분명했다.

그 점이 담용으로 하여금 그냥 돌아설 수 없게 했다.

물론 고위층들의 비밀 회동 장소를 한 번쯤 확인해 보고자 온 길이지만, 이렇게 직접 대하고 보니 그냥 돌아서기가 뭣했다.

차제에 갈성규 의원에 의해 시작되고 주도될 대금업법의 시행을 조금이라도 늦추기 위해서는 뭔가 조치를 해 놓을 필요가 있었다.

'그게 2003년도던가?'

편도체를 건드리지 않고 떠올리려니 기억이 가물가물하다. 시간이 그리 많지 않아서다.

'어떡한다?'

잠시 골똘히 생각하던 담용은 무엇을 떠올렸는지 갈성규 의원에게 유령처럼 다가서더니 머리 부분을 관조하기 시작했다.

지극히 고요한 환경과 정화된 심상으로 극도의 집중력이 요구되는 순간이다.

그 결과 CT 촬영이나 MRI처럼 선명하게 보이는 것은 아니었지만 미세하나마 뇌에 흐르는 혈류가 느껴졌다.

담용은 갈성규 의원을 뇌졸중으로 쓰러지게 할 작정을 한 것이다.

그런데 막상 시도하려니 지식이 별로 없어 좌측과 우측 뇌의 혈관 중 어디를 건드려야 할지 판단이 서질 않았다.

'뇌졸중의 혈관이 어디지? 양쪽 다인가?'

천하의 몹쓸 악당이라도 결코 사람을 죽이는 일은 하고 싶지 않은 담용이다.

더군다나 정치인의 죽음은 가뜩이나 어려운 시국을 아슬아슬하게 버텨 나가고 있는 나라에 강펀치 한 방을 날리는 꼴이니 여간 조심스럽지가 않았다.

갈성규 의원은 실체야 어떻든 적어도 겉으로는 전도유망한 국회의원이다.

차기 대권까지는 아니더라도 집권당에서의 위치는 무시하지 못할 정도다. 한일의원연맹 한국 측 간사장을 맡고 있는 것도 그런 이유인 것이다.

'에라, 모르겠다.'

결정을 내린 담용의 의념이 갈성규 의원의 좌측 뇌로 쏠렸다.

'죽지 않을 만큼만……'

지식이 전무하다 보니 장담할 것은 못 되지만 아주 살짝 건드려 볼 심산이다.

목적은 뇌졸중이었고, 더 바랄 것은 없었다.

담용은 다시 한 번 좌뇌를 관조한 후 미세한 혈관을 택해 의념에다 파이로키니시스(발화 능력)를 발현시켜 극히 작은 불꽃을 심어 내보냈다.

'접착!'

순간 혈관에 이르러 '푸식' 하고 불꽃이 피었다가 물기에 꺼져 버리는 감촉이 왔다.

물론 실제 소리가 들리는 것이 아니라 그냥 느낌이다.

순간, 갈성규 의원의 몸이 일시 꿈틀했다가 잠시 경련이 인다 싶더니 이내 잠잠해졌다.

'뭐야?'

슬쩍 불안해진 담용이 경동맥에 손을 가져다 댔다.

'어?'

촉감에 무척이나 불규칙하게 흐르는 혈류 현상이 느껴졌다.

한동안 반응을 살폈지만 불규칙한 현상은 계속 이어졌다.

'엉? 원래 이런 건가?'

살며시 손을 뗀 담용은 죽을 것 같아 보이지는 않아 슬그머니 자릴 뜨려 했다.

그러다가 '툭' 하고 발에 걸리는 것이 있어 쳐다보니 네모반듯한 가방이다.

'엉? 혹시……'

가방을 보는 순간, 직감이 왔다.

요정에 서류 가방이 있을 리 만무하니 담용은 제 것이라도 되는 양 주워 들었다.

묵직한 것이 금세 돈임을 알 수 있었다.

한데 잠잠하던 갈성규 의원의 몸이 부르르 떨리더니 곧 들썩들썩하며 요동이 심해지기 시작했다.

'젠장, 빨리 사라져야겠군.'

사달이 일기 전에 현장을 벗어나는 것이 최선이었다.

그래도 혹시 하는 마음에 여전히 잠에 취해 있는 여인의 허벅지를 깨어나지 않을 수 없도록 세차게 때렸다.

찰싹!

제법 차진 소리가 나는 순간, 갈성규 의원의 생사를 운에 맡긴 담용의 신형이 실내에서 사라졌다.

"아응!"

뒤늦게 몸으로 느껴지는 아픔에 눈을 번쩍 뜬 모리시타다.

그런데 사물을 인식하기도 전에 전신에 와 닿는 떨림 현상이 그녀로 하여금 벌떡 일어나게 했다.

들썩. 드얼썩. 들썩.

'엉?'

계속해서 울렁대는 침대의 롤링에 정신을 가다듬은 모리시타가 갈성규 의원을 쳐다보니 한눈에 보아도 이상 증세라 여겨질 정도로 부들부들 떨고 있지 않은가?

"아앗!"

새된 비명을 지른 모리시타는 급히 침대에 내려서서 손에 걸리는 대로 옷을 몸에 걸치더니 문을 와락 열었다.

"캬아아악―!"

우리말로 감금 증후군이라더군

다음 날 사무실로 출근하지 않고 광화문으로 자신의 애마를 몰고 가던 담용은 깜빡 잊었다는 듯 자신의 이마를 쳤다.

"이런 정신머리하고는……."

새벽 늦게야 집에 돌아왔던 탓에 뉴스를 들을 생각도 못했다.

갈성규 의원 정도면 뇌졸중으로 쓰러졌을 때 이미 떠들썩하고도 남을 시간인데 그걸 잊고 있었던 것이다.

'시간이…… 젠장.'

충정로역을 코앞에 둔 시각은 9시를 훌쩍 넘기고 있었다.

딸깍.

얼른 라디오를 켠 담용의 귀로 좌담 형식의 대화가 들려왔다.

—……원인은 뇌혈관이 좁아지거나 막혀서 혹은 뇌세포에 영양과 산소 공급이 원활하지 못하여 생기는 노인성 질환으로, 대개는 진행성인데 갈성규 의원 같은 경우는 급성으로 온 것 같습니다.

—지금 수술 중인데 결과가 어떠리라 봅니까?

—새벽 2시 30분경에 자택에서 자다가 갑자기 발병했고 부인이 발견해 급히 병원으로 옮겼다지만, 그게 석연치가 않아요.

—아니, 왜요?

—같이 자던 부인이 뇌졸중 발작이 한참 진행된 후에야 발견했을 수도 있거든요.

—아아, 그렇군요. 하면 수술 후의 상태를 예견해 본다면 어떨 것 같은지요?

—사실 전해지는 말만 가지고 쉽게 예견할 수 있는 문제가 아닙니다만, 통상적인 뇌졸중 증상이고 발견 당시에 이미 뇌세포가 죽어 있었다면 재생이 불가능할 수도 있습니다. 하지만 우리 몸이란 게 스스로 다른 연결을 찾아 만들게 되어 있습니다. 이럴 때의 현상은 뇌중풍이라 해서 뇌에 혈액 공급이 제대로 되지 않아 손발이 마비되고 또 언어장애나 호흡곤란 따위를 일으키는 증상이 나타나게 됩니다.

—하면 집도의가 시급하게 할 일은 뭡니까?

―가장 먼저 할 일은 뇌혈관을 회복시키는 것이지요. 뇌로 들어가는 혈관들로부터 산소 공급과 영양 공급이 이루어지지 못해서 손과 다리의 감각을 잃어 가고, 또 말하는 거나 행동이 어눌해지기 시작하는 거니까요.

―잘 알겠습니다. 말씀 감사합니다.

―예.

―지금까지 적십자병원의 뇌신경외과의 김두만 과장과 얘기를 나눠 봤습니다. 그럼 다시 서울대병원에 나가 있는 홍석현 기자를 불러 보겠습니다. 홍석현 기자.

―네, 여기는 서울대병원에 나와 있는 홍석현 기자입니다. 병원 관계자의 말에 따르면 갈성규 의원이 약 1시간 후에 회복실로 옮겨…….

이때 '우우웅' 하고 핸즈프리에 거치된 휴대폰에서 진동이 울렸다.

담용이 얼른 수신 버튼을 누르고는 입을 열었다.

"육담용입니다."

―형님, 불곰입니다.

"그래, 무슨 일이야?"

―판교에 안 가실 겁니까?

"오늘 저녁에 갈 예정인데, 그건 왜 물어?"

―몇 시에 가실 건지 알고 싶어서요.

"뭐? 네 녀석이 그건 알아서 뭐하게?"

-어? 저희들이 필요해서 알아보라고 한 것 아닙니까?

"푸헐! 그런 조잡한 실력으로?"

-에이, 그래도 그건 아니죠. 형님한테야 쪽도 못 쓰는 우리지만, 촌놈들에게는 염라대왕이라고요.

"인마, 촌놈 아니라며?"

-에이, 분당YB파의 떨거지들일 뿐인데요 뭐.

"그러다가 나중에 분당YB파가 알게 되기라도 하면 어쩌려고?"

-분당YB파는 성남OB파하고 대결하고 있는 중인데, 그 싸움이 언제 끝날지 알고요. 저 같으면 절대 새로운 적을 안 만듭니다. 더구나 이제 막 기지개를 켜는 판교에 뭘 주워 먹을 게 있다고 지원을 오겠어요. 한 2, 3년 후라면 모를까? 아마 신경도 안 쓸 겁니다.

"그래도 필요 없어."

-형님, 그러지 마시고 이 불곰 좀 도와주십시오, 예?

"난 너처럼 조폭이 아니고 엄연한 직장인이다. 그러니 기대하지 마라."

-알아요, 안다고요.

"알면 끊자."

-자, 잠깐만요!

"아, 그 짜쓱, 성가시게 하네."

-하하핫, 죄송합니다.

바인더북

"뭐야? 나 목적지에 다 왔으니까 빨리 말해."

─그럼 저희가 이삭줍기하는 건 괜찮겠죠?

"이삭줍기? 그건 또 뭔데?"

─히히힛. 형님께 전혀 영향을 주지 않을 테니 그냥 허락만 해 주십시오. 그러면 됩니다. 예. 그럼요. 예. 예. 히히힛.

"원 싱거운 놈. 이삭줍기를 하든 탈곡을 하든 네 마음대로 해."

─감사합니다, 충─성─!

꾸욱.

"훗, 곰 같은 놈이 잔머리를 굴리려 하는군. 혹시 조직에서 퇴출당했나?"

불곰의 말이 뭘 의미하는지 모를 리가 없는 담용이다.

이삭줍기란 자신이 깡패들을 해결하면 무혈입성하겠다는 소리다.

'여우 같은 놈.'

"그나저나 집에서 쓰러졌다고? 쿠쿠쿡."

빤히 보이는 수작에 절로 조소가 튀어나왔다.

월정옥을 빠져나올 때 뒤이어 들려온 것은 여자의 뾰족한 비명 소리였다. 그 비명에 당연히 사태를 확인한 월정옥의 주인은 위급한 순간임에도 생각이 많았을 것이다.

생각은 두 가지로 귀결된다.

곧바로 119에 신고하느냐 아니면 갈의원의 사회적 위치를 생각해 다른 조치를 취하느냐?

당연히 후자다.

현역 국회의원이, 그것도 집권 여당의 중진이 젊은 여자를 끼고 잠을 자다가 갑자기 쓰러졌다?

신문 1면에 대서특필이 되고도 남을 특종이다.

게다가 제목도 온갖 자극적 문구로 도배되다시피 할 것이다.

그렇게 되면 월정옥도 자유로울 수가 없어 주인으로서는 음으로 양으로 타격이 클 수밖에 없다.

사회적 이슈가 될 정도로 물의를 일으킨 요정이 어찌 버젓이 영업을 이어 갈 수 있을까?

국민들의 시선에서 벗어나지 못함은 물론 당분간, 아니 어쩌면 영원히 단골들의 발길이 뚝 끊어질 것은 불을 보듯 빤하다.

이래저래 생각해 봐도 조용히 처리하는 것 외에는 답이 없을 것이다.

그런 결정을 했을 때는 당연히 주차장에서 대기하고 있던 기사부터 불러 의논하는 게 맞다.

그것도 전화번호를 몰라 주차장으로 달려가서 데려왔을 테니, 갈 의원의 상태는 늦어지는 시간만큼이나 악화 일로로 치달았을 것은 당연한 일.

누구라도 예외가 될 수 없다. 뇌졸중이 왔을 때 얼마나 빨리 조치를 하느냐에 따라 상태의 경중이 달라짐은 상식이라 하겠다. 고로 시간이 한참 지난 뒤에 조치가 되었을 것이 틀림없다고 보면, 심하면 식물인간이 될 수도 있다.

'쩝! 너무 심했나?'

사실 가슴이 좀 찔리긴 했다.

그러나 차제에 갈 의원으로 인해 수많은 민초들이 제3, 4금융 혹은 사금융으로 인해 피눈물을 흘리게 되는 것을 생각하면 다행한 일이 아닐 수 없다.

그렇게 되면 빚을 지더라도 사금융이 아닌 제도권 안에 있는 금융에 빚을 지게 된다.

제1, 2금융이라면 제도권 내의 법에 따라야 하는 제한이 있기에 사금융처럼 모질게 대하지는 않는다.

채무 독촉을 당하고 신용 불량으로 등재되는 것이야 어쩔 수 없겠지만 사금융처럼 신체 포기 각서를 받거나 혹은 가족들에게까지 위해를 가해 채무자를 압박하지는 않을 것 아닌가?

고로 빚을 지더라도 제도권 내의 금융에 빚을 지는 것이 그래도 훨씬 낫다는 생각이다. 즉, 살림이 쪼들리고 채무에 쫓긴다고 해서 더 무서운 결과를 가져오는 사금융의 돈을 빌려서 변제하지 말란 얘기다.

물론 오죽했으면 '사채업자에게까지 손을 벌렸겠는가?' 하면 할 말이 없다만 달리 방법을 취할 것을 권하고 싶다.

"쯧, 이제는 쓸모가 없어진 정승이란 건가?'

나는 새도 떨어뜨릴 권세를 지닌 정승도 건강했을 때나 추종자들로부터 대우를 받는 법이다.

갈 의원 역시 건강을 잃음과 동시에 모든 자리에서 물러나야 함은 자명한 일이다.

○○은행 광화문 지점.

출입문을 들어서던 담용은 은행에 먼저 도착해 있다가 손을 내미는 엄수용과 악수를 했다.

"먼저 와 계셨군요."

"조금 전에 왔어요. 자, 지점장실로 들어가지요."

"아, 예."

담용은 엄수용이 안내하는 대로 지점장실로 향했다.

"어서 오십시오. 지점장 한광옥입니다."

머리카락이 없어 왁스를 칠한 양 반짝반짝 빛나는 한광옥이 담용이 신분을 밝히기도 전에 명함부터 건넸다.

약속이 되어 있었는지 아니면 무슨 말을 들었는지 살갑게 대하는 한광옥에게 담용도 명함을 건넸다.

"부동산 전문회사라면……?"

"예, 예치인의 대리인입니다."

"아, 그렇군요. 차는 뭘로 드시겠습니까?"

"커피나 한 잔 주십시오."

"엄 선생님은요?"

"저도 같은 걸로……."

"그러죠."

띠이이.

인터폰을 누른 한광옥이 커피 두 잔을 주문하고는 담용에게 말했다.

"오늘 10억을 예치한다고 들었습니다만……."

"그렇습니다."

"법인이 아니고 개인 명의로 알고 있는데, 어느 분 성함으로……."

"아, 여기 있습니다."

담용은 준비해온 수표와 도장 그리고 마해천 회장의 인적 사항이 적힌 쪽지를 건넸다.

그러는 동안 여직원이 커피를 가져왔다.

"방문하신다는 말에 미리 준비해 뒀습니다. 커피를 마시면서 잠시만 기다려 주시기 바랍니다."

한광옥이 직접 다루려는지 서류를 가지고 나갔다. 커피를 한 모금 마신 담용이 물었다.

"다음 순서는 뭐죠?"

"청와대 경제수석 바로 앞에서 일하시는 분을 만나 궁금한 것을 물어보면 되오."

"언제 어디서요?"

"날짜와 시간은 곧 알려 줄 것이오만, 장소는 시청 인근에 있는 코리아나호텔이 유력하오."

"흠, 알겠습니다."

"자, 기다리게 해서 죄송합니다."

한광옥 지점장이 들어와 담용에게 10억을 입금한 통장과 도장을 건넸다.

"이제 통장 거래를 텄으니 앞으로 잘 부탁드립니다. 차후 또 방문하시면 VIP 대우를 약속하겠습니다."

"전 대리인일 뿐입니다."

"하핫, 아무리 갑부라 해도 대리인에게 10억이나 되는 돈을 맡기기는 쉽지 않은 일이지요."

기분 좋은 웃음을 흘리는 한광옥이 담용을 지그시 응시했다. 그런데 그 눈빛이 담용을 마치 재벌가의 집사처럼 보는 듯했다.

'훗, 돈을 맡기고 빼는 것이 내게 달렸다는 건가?'

모르긴 해도 10억을 유치했다면 이달의 유치 목표액에 적지 않은 도움이 됐을 것이다.

볼일이 다 끝난 담용이 자리에서 일어섰다.

"자, 그럼 일어나겠습니다."

"아, 예."

"수고하십시오."

"또 들러 주십시오."

"예. 엄 선생님은 안 가십니까?"

"아, 전 잠시 더 볼일을 보고 갈 겁니다."

"아, 예. 그럼……."

"연락드리겠습니다."

은행을 나오자마자 조재춘의 전화를 받은 담용의 목청이
커졌다.

"예? 그런 일이 전혀 없다고요?"

—그렇다네. 적어도 우린 그런 일을 하는 부서도 사람도
없다는 걸 확인을 했네.

"쿠쿡, 그렇다면 회사 라인이라고 하는 사람들은 사기꾼
이라고 보면 되겠군요."

—그렇지. 혹시 그런 작자들이 있으면 곧바로 알려 주게.
군정이 끝나고 회사가 아무리 힘이 없어졌다고 해도 그렇지,
그런 작자들까지 사칭하는 것은 용납을 할 수 없지 않겠나?
정신을 차리게 호된 맛을 보여 줘야지.

"하핫, 옳으신 말씀입니다. 정보를 얻는 대로 보고하지요.
하면 청와대 라인이니, 정당 라인이니 하는 작자들을 어떻습

니까?"

　―거긴 소관이 아니라서 알아보지 못했네.

"그럼 그런 일이 있을 수 있는 겁니까?"

　―글쎄. 웬만한 일은 우리 회사의 이목을 속이지 못할 텐데……. 그래도 모르니 파헤쳐 보게.

"그럴 가능성도 있단 말입니까?"

　―정치 비자금 조성 명목이라면 100에 1퍼센트 정도는 있을 수도 있는 일일 것 같아 그러네.

"이를테면요?"

　―그건…….

"왜요? 제게까지 말하기 곤란한 부분인가요?"

　―흠, 어디 가서 이런 말은 하지 말게.

"제 입이 좀 무거운 편입니다."

　―풋! 썰면 간에 기별도 안 갈 것 같은데…… 후후훗.

"에이, 농담하시지 말고요."

　―그러지. 잘 듣게. 청와대도 그렇고 정당도 그래. 청와대에서 정책 한 가지를 실행하려는데 야당은 물론 여당조차도 곤란할 때가 있어. 그래서 두 정당 쪽에서 수용하는 조건으로 대가를 요구할 경우에 그럴 수도 있지 않나 싶네만…….

"실제적으로 그런 일이 있었습니까, 아니면 추측입니까?"

　―둘 다일세.

"예?"

-후훗. 내 대답이 마뜩잖지?

"당연한 것 아닙니까?"

-그런 일이 있었는데 실행됐는지는 확인을 못 했으니 그렇게 말할 수밖에 없지.

"아아, 예……."

-그렇게만 알고 있게. 그리고 말일세.

"……?"

-차장님께서 오늘의 이슈가 된 일을 두고 많이 궁금해하시네.

"예? 그걸 왜 제게……."

-자네가 어젯밤 그 양반이 있는 곳을 방문할 거라고 했거든.

'젠장, 그런 것까지 보고하다니.'

"그래서요?"

-뭐가 그래서야? 이 말을 꺼낸 의도를 잘 알면서 뭘 묻나?

"끄응."

-어찌 된 건지 말해 보게.

"비밀은 지켜지는 겁니까?"

-쿠쿠쿡. 이 통화 내용이 도청된다면 더 이상 비밀이 될 수는 없겠지.

"아참! 어떻게 됐습니까?"

-누구? 아아, 그 양반?

"예."

-자넨 뉴스도 안 보나?

"오늘은 어쩌다가 그렇게 됐습니다."

-뭐, 그럴 수도…… 눈만 떴다고 하는군.

"살긴 살았군요."

"병명이…… Locked in syndrome이라고 하는데, 이걸 우리말로 감금 증후군이라더군."

-감금 증후군이 뭐죠?

-아, 심한 뇌졸중에 의한 혼수상태에서 생명을 건졌다 하더라도 식물인간 상태로 남는 경우인데, 눈도 뜨고 잠도 자지만 인식 능력이 없어서 사람 구실을 하지 못하고 오랫동안 누워 지내게 된다더군.

"의식은요?"

-다행히도 의식은 있고 또 사물 인식을 할 수 있다고 해. 뭐, 심한 언어장애나 완전 사지 마비로 꼼짝없이 누워 지낼 수도 있고……. 좀 더 두고 봐야 확실히 알 수 있다고 했지만. 오래지 않아서 결과가 나오겠지. 그건 그렇고…… 차장님께 보고는 해야지 않겠나?

"그래요. 제가 했습니다."

-헐! 원수라도 졌나?

"사사로운 원수가 아니라 국민들의 원수인 것이 동기죠. 그것도 없는 서민들의 원수요."

바인더북

─그렇게 생각하는 이유는?

"제가 가방을 하나 가지고 나왔는데, 1억 엔이 들어 있더 군요."

　─1억 엔이면 10억인가?

"그쯤 되죠."

"젊은 여자와 방사를 끝내고 곯아떨어졌더군요."

　─아아, 그 젊은 여자를 파고 들어가 보니 모리시타 세이 카라는 이름을 가진 일본 여성인데, 취업 비자로 왔더군. 조 사를 좀 하려고 했더니 그새 일본 대사관에서 사람이 와 데 려가 버렸어.

"유력한 용의잔데요?"

　─필요하면 출두하겠다는데 붙잡아 놓을 재주 있어?

"하하핫, 없죠."

　─뇌물이군. 장소가 요정이면 향응 대접이야 당연했을 테 고…….

"야쿠자들이 그냥 줄 일이 만무하니 대가성 뇌물이죠."

　─친일파에게 대가성 뇌물이라면 역시 자네가 우려하던 일 때문이겠군.

"100퍼센트일 겁니다."

　─거참, 그 대가로 1억 엔을 받은 것이 아니라 천벌인 식물 인간이 되었군.

"앞으로 양의 탈을 쓴 인간들은 죄다 저의 철퇴를 받을 각

오를 하고 있어야 할 겁니다. 정치인이든 양심 없는 악덕 재벌이든 가리지 않을 겁니다. 교육자들도 마찬가지고요. 몇 번 이러고 나면 천벌이 내리는 걸로 알걸요."

─꼬리가 길면 잡히는 법일세.

"제 능력은 점점 발전하고 있습니다. 교묘한 방법은 얼마든지 있지요. 예를 들어……."

─예를 들어 뭐?

"조 과장님이 3백 미터 밖에 있어도 모 의원처럼 쓰러지게 할 수 있단 말입니다."

─헐! 그, 그게 가능한가?

"조 과장님을 만났을 때만 해도 그런 능력이 없었는데, 그새 노력을 많이 했지요."

─쩝, 3백 미터 밖에서 할 수 있다면……. 헐! 아무도 자네가 범인이라고 할 수 없겠는걸.

"그러니 꼬리가 길어도 상관없는 겁니다, 하하핫."

─어이쿠! 제발 내게는 해코지하지 말게나.

"후후훗, 하는 것 봐서요.

─크크큭, 어쨌거나 차장님의 예상이 맞았군그래.

"보고를 안 했으면 몰랐을 것 아닙니까?"

─우리 회사는 그런 일은 절대로 없네. 이유는 직원들의 보고 하나하나에 사건 단서가 있음을 아니까. 그게 아니라면 원인이라도…….

바인더**북**

"무슨 말인지 알겠습니다."

–아무튼 잘 알았네. 내 그렇게 보고하도록 하지.

"저기…… 정산은 아직입니까?"

–빨리 필요한가?

"예, 곧 3천억 대의 경매가 있을 것 같거든요."

–날짜가 언제지?

"9월 초입니다."

–9월 초라…… 참고하지.

"부탁합니다. 뭐, 자꾸 늦어지면 살짝 건드릴 수도 있으니 알아서 하십시오."

–뭐? 떼끼, 이 사람아! 사람 간 떨어지게 그런 살벌한 말을 해!

"우히히힛, 그러니 자꾸 신경 쓰게 하지 말라고요."

–아, 알았네. 내 가능한 빨리 조치하도록 힘써 보겠네.

"감사합니다!"

–후훗, 자네…… 차장님이 자네를 두고 한 말이 뭔지 아나?

"알 턱이 없잖습니까?"

–육 담당관의 포텐셜이 어디까지인지 알고 싶다고 하시더군.

'제길……'

조재춘의 그 한마디에 슬며시 불안해지는 담용이다.

순둥이들 I

벌컥!

컨테이너 출입문이 거칠게 열리면서 깍두기 머리의 사내가 다급히 들어섰다.

"서, 성님, 저 새끼들이 야간작업을 강행할 작정인 것 같은디유?"

"뭐시여? 야간작업을 한…… 어어엇!"

탁자에 다리를 올려놓은 채 의자를 뒤로 한껏 젖혀 놓고 느긋한 자세로 담배를 피우던 덩치의 사내가 그 소리에 하마터면 넘어질 뻔했다.

큰 덩치에 비해 형편없이 작은 의자로 인해 발생한 사태에 가까스로 넘어지는 것을 모면한 사내가 투덜거렸다.

"에이씨! 야, 똠방, 다시 함 읊어 봐."

"야. 상승건설 넘들이 야간작업을 할 것 같다고 했시유."

"확실혀?"

"지금 막 확인하고 오는 길인걸유. 시방 현장의 불이 환하게 켜졌다니께유."

"하! 고래 심줄같이 질긴 놈들이구먼."

"성님, 아무래도 공사장을 전전하는 노가다들이라 곤조가 좀 있는 것 같어유."

"땅끄 행님, 똠방 말이 맞심더. 노가다들 중에도 한때는 한가락 했던 치들이 더러 있다고 들었심더. 그래서 더 호된 맛을 좀 보여 줄 필요가 있다 아입니꺼. 우짜까예?"

"우짜긴 뭘 우째! 이 탱크가 경고한 말을 씹는 걸 보이 아무려도 진짜배기 값어치가 뭔지를 함 봬 줘야 쓰것구먼."

"하모요, 진작에 그래 뼈야 했다 아인교. 행님, 이번에는 마 이 갱도가 앞장서가 결정해 뻐리겠심더."

"아녀."

"아니, 와요?"

"갱도 니를 못 믿어서가 아녀. 만에 하나라도 또 실패하문 곤란혀서 그려. 그라고 그런 사실을 분당YB가 알면 내를 어찌 볼 것이여? 그라이 이번엔 내가 직접 나서야 폼이 살 것이구먼. 안 그려?"

"그, 그야…… 골백번 맞는 말이긴 하지마는 나와바리 싸"

움도 아이고 고작 이런 데까지 대빵이 나서몬 가오가 안 산다 아입니꺼?"

"아아, 되얏구먼. 이 탱크의 가오가 한번 죽었으면 되얏지 두 번 죽을 수는 엄써. 그리고 병천순대파의 출발이 산뜻해야지 이리 질질 끌몬 못 쓰는 벱이여. 또 하나는 분당YB가 나와바리를 농가줬을 때 확실한 힘을 보여 줄 필요가 있단 말여. 그라이 너거들은 나만 따라오면 디야."

"알겠심더, 행님."

"야야, 똠방아."

"야, 성님."

"얼라들 다 모아라. 다 모이면 보고허고."

"연장도 챙겨야겠쥬?"

"어허, 입 아프거로……."

"히히힛, 알것구먼유. 후딱 댕겨 올 게유."

툭툭.

"야야, 만근아."

"왜 그래?"

"저 새끼들이 집합하고 있다. 빨리 형님한테 알리자!"

"어? 아, 알았어."

자칭 병천순대파라고 한 조직의 아지트인 컨테이너를 살피던 꼴통이 갖가지 연장을 들고 모이는 것을 보고는 슬금슬금 빠져나와 도시 개발 예정으로 인해 빈집이 되어 있는 폐가로 달려갔다.

　　"형님, 놈들이 집합하고 있습니다."

　　"뭐? 벌써?"

　　"예, 연장까지 들었는데요?"

　　"하! 씨발 놈들, 죽을려고 환장한 놈들이네."

　　"그러게요. 한 방 형님 엄청 무서운데……."

　　"히히힛, 씨발 새끼들, 오늘 곡소리 한번 걸지게 터져 나오겠네."

　　"우히히힛."

　　"꼴통, 몇 명이나 돼?"

　　"10여 명 정도요."

　　"에궁, 한주먹거리도 안 되겠구먼."

　　"더 모으고 있는 걸 보고 왔으니 족히 20여 명은 되지 싶습니다."

　　"쯧쯧쯧…… 그래 봤자 촌놈 친목회에다 오합지졸들일 뿐이야. 왠지 알아? 피지컬이 극강한 사람은 상대의 쪽수가 많고 적음을 따지지 않으니까. 많으면 많은 대로 적으면 적은 대로 강……."

　　불곰이 불끈 쥔 주먹을 들어 보였다.

"한 방이면 끝나지."

슉!

말끝에 갑자기 강력한 주먹 한 방을 뻗었다.

쿵! 와르르르.

둔중한 소리와 함께 블록 벽체가 보리 짚단처럼 무너져 내렸다.

'하여간 주먹 하나는…… 쩐다니까.'

'저 실력으로도 한 방 형님한테는 붙어 볼 생각도 못 했지.'

부하들의 상반된 생각을 알 리 없는 불곰이 자신의 주먹을 툭툭 털며 말을 이었다.

"후후훗. 이런 식으로 몇 놈만 손보면 나머지는 대개가 공포 때문에라도 항복하게 되어 있어."

'쳇! 그래서 붙어 보지도 않고 항복했나?'

생각은 그랬지만 꼴통은 감히 그런 내색을 밖으로 드러내지 못했다.

이유는 꼴통도 불곰에게는 한주먹감밖에 안 됐으니까.

기실 불곰의 피지컬이 좀처럼 보기 드문 강력한 파워를 지니고 있긴 했다. 강남구를 장악하고 있는 동심회 내에서도 두 번째 서열인 깡세와 쌍벽을 이룰 정도였으니까.

"근데 짤방은 아직도 소식이 없어?"

"짤방이야 한 방 형님이 아직 도착하지 않아서 그렇겠죠."

"젠장, 말투로는 금방이라도 올 것 같았는데……."

담용의 말투를 지레짐작했던 나머지 불곰이 미리 와서 기다리고 있던 터였다.

수하들이 '한 방 형님'이라고 부르는 건 애들이 전부 딱 한 방에 무너졌기에 붙인 별명이었다.

"오겠지요, 뭐. 근데 형님, 저 새끼들은 병천에서 순대나 처먹으며 개기고 있지 여긴 뭘 주워 먹을 게 있다고 왔답니까?"

"풋! 그걸 몰라서 묻냐?"

"그게…… 아우내장터만 잘 지켜도 먹고살 걱정이 없는 놈들일 텐데 올라올 이유가 없잖아요?"

"짜슥, 아우내장터가 얼마나 넓다고? 장돌뱅이들 상대로 먹고살기 힘드니까 올라왔겠지."

"그래도 분당YB 걔들이 앞으로 황금지대가 될지 모르는 알짜배기 구역을 나눠 준 건 이해가 안 가는데요?"

"꼴통, 넌 확실히 짤방처럼 머리를 쓰면 안 되겠어."

"히힛, 저야 주먹으로 먹고사는 놈이데요 뭐."

"인마, 병천순대파가 제아무리 커 봐야 분당YB파에게 잽이나 될 것 같아?"

"그야 상대가 안 되겠죠."

"그러면 답이 나오잖아?"

"에또…… 그러니까 분당YB파가 언제든 병천순대파를 몰아낼 수 있다고 자신하니까 구역을 내준 거란 말이지요?"

"확실히 넌 돌대가리구나. 얌마, 그건 누구나 다 아는 얘기잖아?"

"그, 그런가? 뭐, 나 돌대가리 맞으니까 제대로 좀 얘기해 주시죠, 헤헤헷."

"그래, 넌 역시 행동대장이 어울린다. 잘 들어."

"넵!"

"분당YB파가 마음만 먹으면 병천순대파를 몰아내고 판교를 차지할 수 있는 힘이 있다는 건 틀림없다. 하지만 말이다. 그 이면에는 다른 의도가 숨어 있다는 걸 알아야 돼."

"뭐, 뭔데요?"

"분당YB파가 성남OB파와 싸움박질하는 동안에 판교를 엉뚱한 놈이 차지해 버리는 것을 미연에 방지하자는 의도지 뭐겠냐?"

"아, 그러니까 만만한 놈을 골라서 아예 미리 선심을 써 놓고 나중에 쓱싹하자는 거군요."

"짜식, 꼭 떠먹여 줘야 알아먹는다니까. 당연하지. 인마, 그것도 힘도 백도 없는 촌놈을 데려다 놓으면 더 수월하지 않겠냐?"

"새끼들이 제법 대갈빡을 굴렸는데요?"

"누구에게나 장자방은 있으니까."

"근데요. 그러다가 병천순대파가 엄청 커져 버리면 어떡

해요?"

"뭐, 그럴 확률은 희박하겠지만, 만약에 그런 일이 벌어진다면 피 터지는 전쟁이 벌어지겠지."

"바로 그겁니다. 제가 가장 궁금해하는 게 바로 그거라고요."

"엉? 뭔데?"

"우리가 이곳에 와 있는 이유가 뭡니까?"

"인마, 몰라서 물어?"

"알지요. 그러니까 우리가 이곳을 차지하게 되면 결국 분당YB파와 결전을 벌여야 한다는 얘기잖아요?"

"새끼, 그걸 이제 알았어?"

"어? 워, 원래 그런 계획이었어요?"

"그래, 동심회의 전위대가 바로 우리 불곰파다."

"씨파, 전멸시키려는 의도는 아니고요?"

"짜슥, 내가 그렇게 물렁하게 보이냐?"

"헤헷, 그럴 리가요?"

"얌마, 우리와 병천순대파가 다른 건 뒷심이 있느냐 없느냐야."

"아아, 글쿤요. 저놈들은 여기 와 있는 놈들이 전부일 테니 밀리면 끝장이겠군요."

"하지만 우린 다르지."

"히히힛, 이제 좀 알겠슴다."

바인더북

"쯧, 너도 대가리를 폼으로 달고 다니지 말고 좀 굴려 봐, 짜샤. 그러다 녹이라도 슬면 삐걱거리다가 돼져."

"넵!"

그때 짤방이 와다닥 뛰어들며 호들갑을 떨어 댔다.

"형님, 그분이 왔습니다, 왔어요! 한 방! 그분이 왔다구요!"

"어? 와, 왔어?"

"예, 방금 주차장에 차를 세워 놓고 내리는 걸 이 두 눈으로 똑똑히 봤어요."

"혼자더냐?"

"혼자던데요."

"후후훗, 하여간 간이 배 밖으로 나왔다니깐."

"예, 아주 한가하게 전화까지 받고 있던걸요."

"그러고도 남을 사람이긴 하지."

"형님, 가 봐야 하지 않습니까?"

"새끼, 죽으려면 뭔 짓을 못해?"

"그래도 의리가 있지……."

"씨꺼! 우린 일이 끝날 때까지 쥐 죽은 듯 지켜보기만 할 테니 그리 알어."

"에? 한 방 형님과 같이 안 싸우고요?"

"그냥 내 말대로 해. 만약 깝죽댔다가는 걍……."

주먹을 들어 으르던 불곰이 옷매무새를 가다듬더니 앞장

섰다.

"가자고."

"혀, 형님, 우산을 가져가야 할 겁니다."

"왜?"

"금세라도 비를 뿌릴 것처럼 하늘이 우중충하다고요."

"어, 그래? 짤방, 그 형님은 우산 가져왔더냐?"

"에?"

"한 방 형님이 우산 가져왔더냐고, 짜샤."

"아뇨."

"그럼 젤 좋은 걸로 갖고 따라와."

"옙!"

여름의 끝자락이긴 하지만 아직 어둠이 찾아들 시간은 아니었다. 그러나 두꺼운 비구름으로 말미암아 밤이 부쩍 앞당겨진 기분이다.

담용은 자신의 애마인 레인저로버를 공용 주차장에 세워놓고는 상승건설이 짓고 있는 아파트 건설 현장으로 향했다.

공동투자를 결정하기 전에 꼼꼼하게 답사를 한 적이 있어 늦은 시간이지만 찾아가기는 어렵지 않았다.

늦은 시간에 당도한 것은 오늘 야간작업을 하기로 결정했음을 알았기 때문이었다.

'영감님도 참…… 갈수록 잔소리가 심해지시네.'

영감님이란 마해천 회장을 말함이다.

마해천 회장을 떠올리니 업무가 끝날 때쯤 통화한 내용이 생각나 빙긋하고 웃음이 삐져나왔다.

—인석아, 안 갈 거야?

"예? 어딜요?"

—어디긴, 판교 현장이지.

"아아. 갈 테니까 걱정 마세요."

—언제?

"짬을 내서 조만간 들러 보죠 뭐?"

—흐이구, 내가 앓느니 죽지.

"아니, 왜요? 급하대요?"

—인석아, 방금도 전화가 왔는데 성 사장이 아주 목을 매고 기다리고 있는 눈치였단 말이다.

"에이, 그새 무슨 일이 생길라고요."

—허어, 참 한가하기도 하네. 그러지 말고 당장 가 보지 그러냐?

"에휴, 할 일도 많은데……."

—깡패들 때문에 벌써 열흘이나 공기가 늦어졌다고 하니 어쩌겠냐? 그래서 오늘도 야간작업을 해야 한다고 하는데,

놈들이 어김없이 나타나 방해를 할 거라는구먼.

"할 일도 되게 없는 놈들인가 보네요."

-인석아, 그거 우리 사업이나 마찬가지라고.

"에혀, 알았어요. 열 일 제쳐 두고 당장 가 보도록 할게
요."

-허허헛, 그려그려.

"그놈들이 어디에 있대요?"

-현장에서 멀지 않은 컨테이너에 죽치고 있단다.

'하긴 건물들이 아직 들어서질 않았을 테니…….'

-그래도 패거리가 스무 명이 넘는다고 하니 애들은 좀 데
리고 가거라.

"그건 제가 알아서 할 테니 회장님은 그냥 기다리기만 하
세요."

-원 녀석두……. 알았다. 좋은 소식을 기다리마.

'쳇! 내게 애들이 어딨다고?'

명국성이나 강인한은 당장 시험이 코앞이라 부를 엄두가
안 나는 놈들이고, 최근에 알게 된 불곰 패거리는 제 놈들이
엉겨 붙고 있는 것이지 부하들로 생각지도 않고 있어 부를
생각이 없었다.

자연 담용 홀로 처리해야 할 일이었고 그래서 혼자 온 것
이다.

우웅. 우우웅.

"엉? 누구지?"

상의 안주머니에서 울어 대는 휴대폰을 꺼내 액정을 살피니 미래의 장인어른, 즉 이상원이다.

'아, 맞다.'

공작기계 구입 문제로 지금쯤 연락이 와야 할 때였다. 그리고 공장 매입 문제도 있었다.

"옛, 장인어른, 육담용입니다."

―허허헛, 잘 있었나?

"예, 덕분에요."

―뭘, 내가 정인에게 듣기로는 너무 바빠서 데이트할 시간도 없다더구먼.

"하하핫, 사실 좀 그랬습니다. 하지만 바쁜 몇 가지 일만 끝내면 곧 시간을 낼 수 있을 겁니다."

―아! 먼저 축하한다는 말을 해야 하는데 그걸 깜빡했군. 축하하네.

"아아, 예. 정인 씨에게 들으셨습니까?"

―응, 집에 와서 제 애인이 5급 공무원이 됐다고 어찌나 자랑을 해 대는지 모를 수가 없었지. 허허헛.

"하핫, 정인 씨는 제가 뭘 하던 무조건 제 편이니까요."

―그래, 품 안에 있을 때나 자식이라더니, 그 녀석 하는 꼴을 보면 이제 남의 사람이 되어 버렸더군.

"섭섭하십니까?"

ㅡ아니라고는 말 못 하겠네그려.

"에이, 대신 듬직한 아들이 하나 더 생겼잖습니까?"

ㅡ어? 그런가?

"당연한걸요."

ㅡ하기야 집사람도 그리 생각하는 게 속이 편하다고 하더구먼.

"어? 정말요?"

ㅡ그래. 이 사람아, 자네더러 조만간 들르라고 하더구먼. 축하 파티라도 해 줘야 한다면서 말일세.

"하핫, 그렇다면 당장 가야죠."

ㅡ바쁘다며?

"에이, 그 정도야 시간을 내야죠. 근데 그 때문에 전화를 하신 건 아닌 것 같은데요?"

ㅡ아, 내 정신 좀 보게. 마침내 벼르고 벼르던 공작기계를 구했다는 말을 해 주려고 연락했다네.

"아! 구했습니까?"

ㅡ다행히 운이 좋아서 실한 걸 구했다네. 연식도 얼마 되지 않은 새걸로 말이네.

"어찌 그런 게 다 있었습니까?"

ㅡ거래선이 중국으로 옮겨 가면서 빨리 처분을 못 해 울상을 짓고 있는 회사가 있기에 얼른 구했지.

"어? 신형이 아니고요? 기왕이면 신형이 더 낫지 않나요?

—신형이 낫기야 하지만 굳이 그럴 필요는 없네.

"그럴 만한 이유라도 있습니까?"

"있지. 신형이나 구형이나 기본적인 틀은 대동소이하네. 다만 신형은 약간의 신기술이 가미되어 있다는 것이 다를 뿐이지. 그런데 가격은 거의 두 배 이상 차이가 나."

"그 조그만 차이가 큰 격차로 벌어지는 건 아닌지요?"

—그렇지 않네. 신형을 팔아먹으려고 약간의 변형을 준 것뿐이라 굳이 두 배의 가격을 주면서까지 구입할 필요가 없다는 뜻이네. 더군다나 여기 KE1234는 KE1345의 바로 앞의 기술이라 부속이 한 가지 더 붙고 안 붙고의 차이와 같네. 숙련된 기술자라면 누구든 구형을 찾을 걸세. 나도 그렇고.

"뭐, 일에 지장이 없으시다면야…… 저야 공작기계에 대해서 아무것도 모르니 뭐라고 말할 계제가 아니네요."

—그래, 기계는 내게 맡기고…… 그보다 공장 매입 문제 말일세.

"예, 그것도 있네요. 주인이 뭐라고 해요?"

—70억을 손에 쥐여 달라고 하는군.

"어? 예상 범위에 들어 있는 금액이잖아요?"

—그렇긴 한데…….

"왜요? 이상해요?"

—내가 그 금액에는 선뜻 내키지 않아서 그러는 걸세.

"그럴 만한 다른 이유라도……?"

―아, 얼마 전에 한 블록 뒤에 있는 공장이 매물로 나왔는데 63억을 달라고 하더군.

"흠, 7억 차이라면 혹시 그만큼 다른 점이 있습니까?"

―일장일단은 있지. 한 블록 뒤이긴 하지만 공단 지역에 있는 공장이 어디 투기 대상도 아니니 그게 그거라서 말이시.

"그래서요?"

―평수도 더 넓고 모양도 직사각형이라 우리 같은 기계 제작업에는 안성맞춤이지. 여긴 정사각형이라 가끔 들어오는 발주물품 중에서 기장이 긴 것이 있을 때는 작업하기가 아주 곤란하거든. 더군다나…….

"장인어른, 편히 말씀하세요."

―그러지. 그 공장은 직원들 편의 시설과 기숙사를 지을 공간도 있어서 말이야.

"아아, 무슨 말인지 알겠습니다."

담용은 그 말에서 대번에 뭔가가 떠올랐다. 바로 얼마 안 가서 외국 노동자들을 써야 하는 상황이 도래함을 기억해 낸 것이다.

고로 곧바로 대답했다.

"장인어른, 이사를 해야 하는 불편만 감수할 수 있다면, 무조건 그 공장을 매입하세요. 공장 설계는 장인어른 입맛대로 하시고요. 적어도 처남과 그 아들이 물려받더라도 지장이 없을 정도로 설계하십시오. 제가 필요한 돈은 전부 마련해 드리겠습니다."

ㅡ허어, 그렇게까지?

"예, 돈은 걱정하지 마시고……. 아, 아니다. 제가 아예 정인 씨에게 돈을 맡길 테니, 퇴근하면 직접 받으시면 되겠네요."

ㅡ거참, 아, 알았네. 어째…… 난 자네에게 전화만 했다 하면 덤터기를 씌우는 기분이군그래.

"아이구, 그런 말씀 마십시오. 그에 비하면 정인 씨가 훨씬 비싸지요, 하하핫."

ㅡ예끼, 이 사람아, 사람을 어찌 돈에 비교하나?

"하핫, 농담입니다. 근데 제가 지금 좀 바빠서 그러는데요. 급한 일이 아니라면 나중에 얘기하면……."

ㅡ아, 알았네. 이만 끊음세.

"넵, 들어가십시오."

BINDER
BOOK

순둥이들 II

'저건가?'

이상원과 통화를 한 후, 얼마 걷지 않아서 도로가에 불이 환히 켜진 일반 컨테이너 하나가 덩그러니 놓여 있는 것이 시선에 들어왔다.

그런데 웬 떡대들이 막 나서려던 참인지 시끌시끌했다.

대충 훑어본 숫자는 20여 명 정도였고 손에 손에는 갖가지 연장을 들었다.

'때를 맞춰서 잘 왔네.'

아파트 현장으로 가려면 어차피 지나야 하는 길목이라 담용은 콧노래 부르듯 여유 있는 모습으로 걸어갔다.

아직은 초저녁이어서 아무리 먹구름이 짙다고 해도 손전

등을 켤 정도의 어둠은 아니었다. 고로 서로의 모습을 확연하게 확인할 수 있었다.

'이놈들은 어째 개성이 눈곱만치도 없어.'

어떻게 된 것이 하나같이 풍선처럼 덩치만 부풀렸는지 모르겠다. 꼭 기계에서 찍어 낸 공산품처럼 말이다.

'쯧, 덩치로 위협을 가하기 위해 살을 찌우는 거라면 할 말이 없다만……'

하기야 바짝 마른 깡패보다는 덩치가 산만 한 깡패가 위협적이기는 하다.

그래서 살만 뒤룩뒤룩 찌우는 피자나 치킨, 라면과 밥 등을 마구 퍼먹고 잠만 때려 자니 안 찌려야 안 찔 수가 없다.

'아, 내가 너무 노골적으로 접근해서 지나가는 건가?'

깡패들이 몰려 있는 곳에 바짝 붙어서 걸어가는 것이 좀 어색하다고 여긴 담용이 얼른 길 끄트머리에 붙어서 걸어갔다.

'좀 바보처럼 굴어 볼까나?'

슬쩍 장난기가 발동한 담용이다.

이를 증명이라도 하려는 듯 뭔가 불안한 것처럼 조심스럽게 발걸음을 옮기기 시작했다.

그런데 대단위 아파트 단지 지역 입구라 그런지 양쪽 인도를 포함해 왕복 8차선은 족히 될 듯한 넓이의 도로라 깡패들과의 거리가 제법 멀찍이 떨어졌다.

'후훗, 시비를 걸어오면 나야 좋지.'

뭐, 그러라고 일부러 어눌한 척하는 거니까.

아니나 다를까?

"어이! 이봐, 이봐!"

"……."

큰 소리로 불렀음에도 반응이 없는 담용을 향해 기어코 욕설이 터져 나왔다.

"얌마─!"

"……!"

고함을 지르는데야 담용도 마냥 무시할 수는 없어 걸음을 멈추고 돌아보았다.

"새끼가 귓구녕이 막혔어? 왜 대답 안 해!"

"저기…… 저 알아요?"

"하! 모른다, 짜샤!"

"어쩐지 실없는 놈 같다 싶었어요. 애먼 사람 불러 세우지 말고 정신 차려요."

그 말만 툭 던져 놓고 담용이 다시 제 갈 길을 갔다.

"뭐, 뭐시라? 시, 실없는 놈!"

담용의 그 한마디에 귓구멍으로 연기가 날 정도로 화딱지가 난 사내가 길길이 날뛰었다.

'하여간 몸도 돼지 새끼들이지만 머리 돌아가는 것도 전부 새대가리나 다름없다니까.'

어째 하나도 예상에서 벗어나질 않는 놈들이다.

담용이 말을 들었지만 못들은 척하고 계속 걸어가자 이번에는 조금 더 위압적이면서도 큰 소리가 들려왔다.

"아니, 저런 시방새를 봤나? 어이, 거기! 시방 내 말 안 들리는겨?"

너무 큰 소리라 계속 못 들은 척할 수가 없어 또다시 우뚝 걸음을 멈추는 담용이다.

"저, 저 말인가요?"

"하! 그 쌔이, 돌아 뿔것네."

방금도 그 말을 하더니 또 하고 있다.

"새꺄, 여기 너밖에 없잖여?"

"저기…… 당신들도 있잖아요. 그것도 많이…….."

담용이 어눌한 말투에다 손까지 양껏 벌리며 나름대로 바보 흉내를 내면서 쇼를 했다.

"어라라? 이거…… 좀 어떻게 된 넘 아녀? 말하는 게 왜 이래?"

"그러게 말도 어눌한 게 나사 하나가 빠진 붕신 같은데?"

"거참, 겉은 멀쩡해 보이는데 속은 완전히 와르르 해 버린 넘일세."

그제야 상대가 좀 '또라이기'가 보이는 것을 알아챈 덩치들이다.

하지만 이번엔 세 덩치의 말에 기분이 나빠진 사람은 담용이라 그 나름대로 인상을 사납게 만들고는 한마디 내뱉었다.

"니들 지금 나 욕한 거지? 꼭 깡패같이 생겨 가지고……
니들이랑 안 놀아!"

꼭 바보 같은 말투를 내뱉고는 홱 돌아선 담용이 다시 걸
어가기 시작했다.

철저하게 시비를 깡패들에게 전가시키는 작전으로 가는
담용이다.

그런데 묘하게도 그 말과 행동이 덩치들을 화나게 하는 데
일조를 할 줄이야. 즉, '또라이기'가 있는 바보한테서 들은
말이라 정상적인 사람에게서 들은 말보다 더 화를 솟구치게
한 격이었다.

"뭐? 까, 깡패! 저, 저 새끼가……. 하, 나 돌아 불겠네! 별
별…… 얌마! 거기 안 서!"

기어코 폭발했는지 후다닥 뛰어온 사내 하나가 대뜸 담용
의 멱살부터 잡아챘다.

그런데 멱살이 잡힌 담용의 말이 가관이다.

"너…… 이거 안 놓으면 이 엉아한테 혼난다."

"하! 요런 븅신 새끼가 누굴 협박해? 그래그래, 한번 혼내
봐라, 자, 자."

담용의 말이 같잖았던지 사내가 면상을 담용에게 바짝 들
이댔다. 마치 때려 볼 테면 때려 보라는 듯이.

찰나, '빡' 하고 대갈빡 깨지는 소리와 동시에 비명도 지르

지 못한 사내가 뻣뻣하게 선 채 그대로 넘어갔다.

좀 그럴듯하게 묘사하면 머리에 몇 개의 별이 빙빙 돈다고나 할까 그런 모습이다.

그러나 재빨리 발을 내민 담용이 사내의 경추 부분을 살짝 받침으로써 뇌진탕이 되지 않게 했다.

'호오, 그거 쓸 만하네.'

차크라의 기운을 머리로 쏠리게 해 박치기를 한 결과 자신은 아무런 감각이 없는데 상대는 기절해 버리고 말았다.

처음 시도해 본 것이지만 나름대로의 결과는 썩 만족이다.

그러나 놈들은 담용이 동료를 배려해 준 행위 따위는 전혀 고려 대상이 되지 않는지 그저 쓰러진 것만을 보고 법석을 떨어 댔다.

"어? 사, 상백아!"

"아니! 저 시키가?"

눈 깜빡할 새에 벌어진 일에 어떻게 된 일인지 영문을 모르는 덩치들이었지만 동료가 쓰러진 것을 보고는 대번에 날선 기운들을 뭉클뭉클 피워 냈다.

그중 애초부터 담용을 이상한 놈이라고 놀렸던 사내 둘이 득달같이 달려오면서 대뜸 욕설부터 내뱉었다.

"이 시키! 방금 워쩌케 한 거여?"

"말할 것 뭐 있어? 일단 때려잡고 따져!"

'이놈들이!'

아무리 깡패라지만 개나 소나 욕설을 아무렇게나 내뱉는 걸 듣고서야 기분 좋을 사람은 없다.

'좋아, 이 녀석들을 상대로 시험이나 해 봐야겠군.'

괜히 손을 더럽히기 싫어진 담용은 드잡이를 하는 대신에 초능력을 사용해 보기로 했다.

날도 적당히 어두웠고 아직은 도로 포장도 안 된 지역이라 시市 재산을 축낼 만한 시설도 없는 상태였다.

무기로 사용할 것도 지천이다.

개발 지역이다 보니 자갈이나 돌멩이는 말할 것도 없었고, 쓰다 버린 목재와 노끈, 페인트 통, 자투리 철근, 벽돌 조각 등이 보보마다 널려 있었다.

심지어는 못이 박힌 나뭇조각에다 생활 쓰레기까지 아무렇게나 버려져 있는 상황이었다.

다만 쓰임새가 있어서인지 아니면 미처 베지 못한 것인지 수령이 제법 될 법한 실한 나무들은 그대로인 채였다.

아무튼 누가 유리하든 간에 싸움 장소로는 최적의 조건이라 할 수 있었다.

담용의 초능력 발원지는 차크라이고 그것은 강렬한 의념을 통해 실체되어 그 위력을 드러낸다.

실체화시키는 도구는 담용이 의념을 어디를 통해 구현해 내느냐에 달린 것이지 딱히 지정된 건 없었다. 즉, 눈이면 눈, 손이면 손, 발이면 발, 이런 식인 것이다.

다시 말해 방금 머리를 사용한 것처럼 전신 부위를 도구화시켜 순수하게 차크라의 기운만을 사용할 수 있는 데다 사이킥 파워 역시 구현해 낼 수 있다는 뜻이다.

다만 위력의 정도가 얼마냐 하는 것이 관건일 뿐, 자유자재로 초능력을 발휘하는 데는 지장이 없다는 소리다.

이를 증명이라도 하려는 듯 담용이 차크라의 기운을 오른손에 모으고는 바닥을 향해 좌에서 우로 슬쩍 긋는 시늉을 했다.

순간, 두 덩치가 가로질러 오고 있는 도로에 '파파팟' 하는 소음이 일더니 난데없이 길이 2미터에 폭 50센티 정도의 고랑이 생겨 버리는 것이 아닌가?

그러나 동료가 쓰러진 것에 화가 난 나머지 씩씩거리는 데 정신이 팔린 두 덩치는 자신들의 발밑에 고랑이 파인 것도 모르고 달려오고 있었다.

그러다가 한순간 '덜컥' 하고 발이 푹 꺼진다 싶은 순간, '어엇!' 하더니 서로 약속이나 한 듯 앞으로 고꾸라졌다.

털퍼덕! 철퍼덕!

"아쿠!"

"아앗!"

담용이 그어 놓은 고랑에서 발을 헛디딘 두 덩치는 급하게 달려오던 속도만큼이나 세차게 고꾸라짐과 동시에 또한 덩치만큼이나 충격을 받았다.

"으으으…… 내 코!"

"끄으으…… 내 무, 무릎!"

하필이면 민감한 부위를 튀어나온 돌에 찧었는지 두 손으로 부여잡고는 쉬 일어나지 못하고 주저앉은 채 신음을 흘리는 두 덩치다.

기세도 당당하던 덩치들이 고꾸라져 쩔쩔매는 모습은 정말 벌쭘한 장면이 아닐 수 없었다. 고통이 창피한 마음을 덮어 버린 것이 다행이라면 다행이었다.

자연 이를 본 패거리들이 우르르 달려오는 것은 당연한 일.

"애새끼들이 참 지랄도 가지가지 한다. 헛밥을 처먹었나? 자빠지기는 와 자빠지고 지랄이여?"

"빡꾸 성님, 애들이 땅이 파인 것도 모르고 달려가다가 그런 게비요. 이게 전부 저 자슥 땀세 그려유."

사내 하나가 담용을 가리키자, 그래도 초록은 동색이라고 빡꾸라 불린 사내가 더는 닦달하지 않고 제법 점잖은 투로 불렀다.

"야야, 너 좋은 말 할 때 일루 좀 와 봐라."

"싫다."

"잉? 너…… 이 시키, 시방 뭐라고 혔어?"

대뜸 튀어나온 담용의 반말투와 무모한 용기에 어안이 벙벙한 빡꾸다.

"싫다고 했다, 왜?"

"어허이, 어허!"

담용의 조금 모자란 듯한 어투에 빡꾸가 어이가 없었는지 눈만 끔뻑끔뻑하더니 옆에 선 사내에게 물었다.

"또, 또출아, 쟈가 시방 내게 뭐라고 씨부린겨?"

"오기 싫다고 하는디유?"

"웜메, 오늘 별 요상한 놈 땀시 빡꾸 인생에 빨간 줄 그어지는 날인 게비네."

"성님, 그래서는 안 되쥬. 지가 델꼬 올까유?"

"그랴, 또출이 니가 좀 델꼬 와 봐라. 낯판때기나 좀 보게."

"야, 지한테 맡기고 기다리셔유."

"곧 출동해야 하니께 퍼뜩 델꼬 와라."

그 말에 또출이라 불린 사내가 성큼성큼 걸어 담용에게로 다가갔다.

한데 기세도 좋게 걸어가던 또출이 도로 중간쯤 오더니 갑자기 우뚝 멈춰 서는 것이 아닌가?

"잉? 얌마? 언능 안 가고 뭐혀?"

그러나 빡꾸의 재촉에도 멀거니 서서 꼼짝도 않는 또출이다.

"아니! 저 누무 시키가……."

빡꾸가 재차 버럭 소리를 지르려는 찰나다.

"으아아아—!"

갑자기 비명을 내지른 또출이 별안간 펄쩍펄쩍 깨금발을 뛰더니 그만 길가에 털퍼덕 주저앉아 버렸다.

"어? 또, 또출아! 왜 그려?"

"크으으윽. 모, 못! 발바닥에 못이 박혔다구요!"

"모, 못!"

"으으으…… 무지 기, 깊이 박힌 걸 보면 대못 같구먼유. 으아아아……."

"아놔…… 뭐가 이런 개 같은 일이……?"

멀쩡하던 수하들이 달려가다가 갑자기 자빠지질 않나 대못에 발바닥이 찔리지를 않나.

그것도 전투 불능일 정도로 심각한 상태다.

어처구니없는 상황에 얼굴에 온갖 감정이 버무려지는 빡꾸였다.

모두 담용이 초능력으로 벌인 일로 대못이 박힌 나무를 또출이란 사내의 걸음에 맞춰 슬쩍 옮겨 놓은 결과였다.

그때, '덜컹' 하고 컨테이너 문이 열리면서 갱도란 사내가 얼굴을 내밀었다.

"야! 빡꾸!"

"야, 갱도 성님."

"마! 와 이리 시끄럽노!"

"그, 그게유."

"씨꺼, 인마! 늦었다. 빨리 준비 안 할끼가?"

"아, 예. 주, 준비해야지유."

갱도란 사내에게 한 소리 들은 빡꾸가 담용에게 종주먹을 내밀며 씨부렁거렸다.

"재수 없는 새끼, 운 좋은 줄 알아."

하나, 그렇게 돌아서는 빡꾸의 뒤 꼭지로 담용의 이죽거리는 말이 틀어박혔다.

"흥! 촌놈의 시키들이 어디 와서 깡패질을 하고 지랄이야?"

"⋯⋯!"

담용의 그 한마디가 빡꾸의 자존심에 불을 지폈는지 갑자기 심장이 벌떡벌떡했다.

홱!

빡꾸가 돌아섰다.

"너⋯⋯ 이 노무시키, 불쌍해서 봐주고 넘어가렸더니 아예 무덤을 파는구나."

그 말을 끝으로 꼬리에 불붙은 멧돼지처럼 돌진해 오는 빡꾸였다.

두두두⋯⋯.

"우워어엉!"

'에구, 지랄을 해라, 지랄을.'

선불 맞은 멧돼지가 따로 없는 쇄도에 담용이 이번에는 수

박만 한 돌 하나를 슬쩍 옮겨 와 빡꾸가 달려오는 방향에 떡 하니 갖다 놓았다.

이젠 많이 어둑해져 발밑의 장애물을 발견하기는 어려운 시간이었다. 게다가 본격적으로 비가 내리려는지 꾸물꾸물하던 하늘이 가끔씩 빗방울을 내비치고 있었다.

마침내 빡꾸의 발밑에서 '턱' 하고 제법 큰 소리가 났다.

덩치가 있다 보니 수박만 한 돌덩이가 약간 밀리긴 했지만 빡꾸를 허공으로 붕 뜨게 하기엔 충분했다.

"악!"

발이 돌에 걸리자마자 새된 비명이 터져 나오고 '어어어엇!' 하더니 중력의 법칙에 따라 여지없이 개구리처럼 패대기쳐지는 빡꾸의 몸뚱이다.

"크으으윽!"

비명은 빡꾸의 입에서만 나오는 것이 아니었다.

"엇! 저런!"

"어엇! 빠, 빡구 성님!"

지켜보고 있던 동료들의 화들짝 놀란 입에서도 비명들이 터져 나왔다.

컨테이너 안으로 다시 들어가려던 갱도 역시 비명 소리에 놀라 고개를 돌리다가 입을 딱 벌렸다.

"뭐, 뭐야! 저기 어떻게 된 기고?"

"갱도 성님, 좀 이상혀유."

"뭐가, 인마!"

"저기…… 재수 없는 시키가 나타나고부터 애들이 자꾸 자빠지는 것 같구먼유."

"씨불 넘, 비싼 밥 처먹고 무신 소리 해쌌노?"

"진짜라니께유. 모두 저 시키한테 다가가기만 하면 자빠진다니께유."

"뭐? 진짜가?"

"하! 나 미쳐 불겠네유. 증말이라니께유. 시방 빡꾸 성님까정 다섯 명째 당혔으니께유."

"마! 그라마 이유가 있을 것 아이가? 우예 된 긴데?"

"상백이 놈은 저 시키가 박치기로 넘어뜨렸고유. 저기 기절한 아들은 고랑에 걸려 넘어졌구유. 또출이는 발바닥에 대못이 박혀 저러고 있구유. 빡구 성님은 보다시피 돌에 걸려서……."

차마 개구리처럼 패대기쳐졌다는 말은 못 했다.

하지만 갱도가 듣고 보니 싸워서 그런 건 박치기밖에 없고 전부 제풀에 넘어진 결과란다.

"에그…… 띨띨한 새끼들. 마카 눈깔이 삣나? 와 이리 얼빵하노? 쫌 비키 봐라. 대체 언 놈인데?"

우루루 몰려와 있는 수하들을 뒤로하고 앞으로 나선 갱도가 허리에 손을 척 얹고는 저만치 어둠 속에 서 있는 담용에게 말했다.

"어이, 니 욜로 좀 오 봐라. 상판때기 좀 보자."

"싫다!"

"안 때릴 테니까 잠깐 오 봐라 안카나?"

"니가 뭔데 오라가라 하는데?"

"아, 그 자쓱, 엔간이 애먹이네. 야! 누가 가서 저놈 좀 델고 온나."

"……."

갱도의 말이 있었지만 모두들 머뭇대며 서로 눈치나 보지 아무도 움직일 생각을 않는다.

"어? 내 말이 안 들리나?"

"……."

"얼라? 니들 죽고 싶나? 내 말이 말 같지 않다 이거제?"

"저, 저기…… 갱도 성님."

"똘배, 와?"

"저기요. 안 가고 싶은 게 아니라요. 그것이……."

"아! 답답하구로. 퍼뜩 말해 봐라카이."

"아무래도 절마 옆에 귀신이 따라다니는 것 같어서유."

"푸헐! 미친 새끼."

"의심이 확 든다니께유. 글고 이거 같어유."

똘배란 사내가 검지를 머리에 올려 원을 그려 댔다.

"좀 모지란 것 같다꼬?"

"야."

"그으래?"

"야, 우리를 보고도 상황 파악을 전혀 못 하는 넘 같어유."

"알따, 정 그렇다문 내가 가 볼 테이까 귀신이 정말 있나 없나 함 봐라. 알것나?"

"성님, 가오가 있지. 아무래도 그만두는 게 좋을 것 같……."

"쓰읍."

"아, 알것구만유. 댕겨오셔유. 지가 두 눈 부릅뜨고 지켜보고 있을 텡게유."

"에이, 씨잘데기 없는 넘들."

수하들에게 한마디 툭 던져 놓고는 제법 틀이 잡힌 걸음걸이로 담용에게 향하는 갱도다.

순둥이들 Ⅲ

담용이 척 봐도 민소매 차림의 갱도란 사내는 응축된 근육
에다 강렬한 탄력을 지닌 육체를 지닌 듯했다. 그것만으로도
싸움이라면 이골이 난 녀석임을 짐작할 수 있었다.

'이놈은 좀 쓸 만하군.'

딱 봐도 견적이 나오는 것이 강인한과 붙여 놓으면 막상막
하일 것 같았다.

'쯧, 이제 귀신놀음은 그만해야겠군.'

벌써부터 쭈뼛대는 것이 겁을 먹은 건 아니더라도 꺼리는
표정이 역력했다.

초능력의 시험은 이 정도로도 족했다.

갱도는 자신이 가까이 다가가도 여유가 있다 못해 팔짱까

지 끼고 있는 태도에 조금 의외라고 생각하면서 수하들의 말이 맞는다고 여겼다. 갱도 자신 역시 가까이 다가갈수록 상황 파악을 전혀 못 하고 있는 녀석임을 금세 알 수 있었으니까.

'진짜 또라이 새끼군.'

"어이, 니 지금 오데 가는데?"

"저기……."

녀석의 말대로 직접 왔으니까 대답해 준다는 듯이 손가락으로 아파트 건설 현장 쪽을 가리키는 담용이다.

'시불 넘, 인자 갈켜 주는고만.'

"공사장에 간다꼬?"

"응."

'진짜 또라이 새끼네.'

겁대가리 없이 대답하는 꼬락서니가 딱 그렇다.

"거긴 와?"

"왜긴? 내 사업체니까 가는 거지."

"엉? 뭐라꼬? 다시 함 말해 봐라. 니 방금 뭐라캤노?"

"저게 내 사업체라고, 짜샤."

"뭐? 짜샤? 니 죽을라고 환장했나?"

갱도의 눈꼬리가 살짝 치켜졌다.

"풋! 짜식."

"짜아씨이익?"

갱도는 욱하려다가 상대가 바보라는 것을 상기하고는 한 번 더 참았다.

'쩝, 불쌍한 넘 때려서 뭐하나?'

또라이가 세상이 다 제 것이라 해도 누가 뭐라고 할 사람도 없으니 아파트 건설 현장쯤이야 약과일 것이다.

말로야 뭘 못하겠나?

"마, 걍 돌아가라. 존 말 할 때, 응?"

"쯧, 네 녀석이 조금 마음에 들긴 한다만 딱 여기까지다."

"엉? 그기 무신 소리고?"

약간은 달라진 태도에 갱도의 표정이 긴가민가했다.

"이쯤하고 돌아가라고. 저 현장은 너희들이 넘볼 곳이 아니니까."

"얼라? 니…… 또라이 아니었냐?"

"풋! 미친놈."

"하! 이 새끼가…….."

잠시 어이를 상실한 표정을 짓던 갱도가 버럭 소리를 질렀다.

"하! 이넘 이거…… 순 공갈쟁이 아이가?"

잠깐이나마 또라이가 아니었다고 생각한 것이 싹 사라졌다.

"왜 그렇게 생각하지?"

'어? 또……?'

말투와 표정으로만 보면 정상인과 다름없지 않은가?

'씨발 넘이…… 와 이리 헷갈리게 하노?'

그래도 불쌍한 녀석이라 주먹보다는 말로 달래서 보내는 게 좋다고 여긴 갱도가 찬찬히 알아듣게 말한다는 식으로 타이르듯 일러주었다.

"인마야, 똑똑히 들어. 저긴 상승건설의 성 사장의 사업장이라고. 알아들어?"

"아아! 난 또……. 내가 성치홍 사장이랑 동업하고 있으니까 내 사업체도 된다는 말이었어."

'엉? 이넘이 성 사장의 이름을 어떻게 알지?'

담용의 말에 또 한 번 헷갈리는 갱도다.

"니, 니가 도, 동업한다꼬?"

"응, 그러니까 나 이제 가도 되지? 아, 맞다! 여긴 니 땅도 아닌데 허락받을 것도 아니었잖아? 그럼 수고해."

이런 말투를 쓰는 걸 보면 또 헷갈린다.

당최 종잡을 수가 없는 놈이라 여긴 갱도가 아예 마음을 다잡았다.

"얌마!"

"아, 왜?"

"이게 어디서 어물쩍 넘어가려고?"

"내가 뭘 어물쩍 넘어가는데?"

"얌마, 저긴 우리가 침을 발라 놓은 곳인데……."

말을 하다 보니 이상했던지 갱도가 말을 못하고 버벅거리자 담용이 말했다.

"뭐? 침을 발라 놔?"

"그, 그래."

"거참, 더럽게……. 글고 침도 많다. 저 큰 공사장에 네 침을 바르려면 얼마나 뱉어야 하는 거냐?"

"이런! 씨발 넘이 뭔 헛소리를? 여러 말 말고 당장 꺼져! 처맞아 뒤지기 전에!"

이젠 사정이고 나발이고 안 봐주기로 작정한 갱도가 험악하게 나왔다.

"응? 나더러 꺼지라고?"

"나 엄청 참고 있으니까 폭발하기 전에 당장 꺼져!"

모자란 놈이라는 일말의 동정이 있었기에 아직까지는 무던히도 참고 있는 중이다. 아울러 불쌍한 놈을 때려서 좋을 것도 없다는 생각이 들기도 해서다.

뭐, 딱 봐도 상황이 어떻게 돌아가는지도 모르고 제 할 말을 꼬박꼬박 해 대는 놈은 또라이밖에 없다는 생각이었다.

또라이 취급을 받고 있는 담용도 이를 알았지만 어차피 자신이 의도해서 벌어진 일이라 느긋했다.

"아, 알았어. 조용히 꺼져 줄 테니까 진정해. 그런데 하나 물어보자."

'하! 이 새끼, 간이 배 밖으로 튀어나온 놈인가? 겁대가리

없이 꼬박꼬박 말대꾸에다 끝까지 반말일세.'

그래도 하나만 물어보고 꺼져 준다니 금방이라도 튀어나갈 주먹을 꾹 눌러 참았다.

"뭔데?"

"너 강도냐?"

"이런 씨불 넘이 나를 뭘로 보고…… 확!"

"아아, 강도란 소릴 듣자마자 버럭 화내는 걸 보니 강도는 아니구나. 쏘리."

갱도가 막 한 대 치려다가 담용이 손사래를 치는 통에 또 참아야 했다.

"그럼 깡패냐?"

"……!"

노골적으로 해 대는 말에 사실이라 해도 어처구니없는 소리라 갱도는 그저 멀거니 쳐다볼 수밖에 없었다.

'아놔, 무슨 이런 또라이 새끼가 다 있나 그래.'

완전 또라이라도 웬만하면 겁을 집어먹고 도망을 갈 텐데 뭔 배짱으로 사람 약을 올리는지 이제는 도무지 참을 수가 없어 불끈 쥐는 주먹에 힘이 들어갔다.

"쯧! 말을 못 하고 눈만 굴리는걸 보니 정곡을 찔린 모양이네. 흠, 깡패라……. 직업이 좀 거시기하긴 하네. 쯧쯔쯔…… 어쩌다가 깡패란 직업을…… 불쌍도 하지."

이 말에 마침내 참고 참았던 갱도의 인내력이 다 소진되어 버렸다.

여태껏 살아오면서 단 한 번도 자신이 불쌍하다고 생각해 본 적이 없는 갱도에게 불쌍하다는, 싸구려 동정만큼 싫은 말이 없었다. 싸구려 동정을 받으면 싸구려 인생일 수밖에 없다고 여긴 갱도의 성질이 그만 폭발하고 말았다.

"그래, 새꺄! 나 깡패다!"

슈욱!

별안간 예고도 없이 짧고 강렬한 스트레이트성 주먹이 담용의 안면으로 뻗었다.

그러자 담용이 동시에 얼굴을 슬쩍 틀어 피할 때, 좌측에서 훅hook이 '슉' 하고 쇳소리를 내며 날아들었다. 그 속도가 마치 스트레이트 주먹이 실패할 것을 미리 예견했다는 듯 날아드는 것이라 무지 빨랐다.

팔을 직각으로 구부려 몸을 비틀면서 측면에서 치는 타격이라 담용도 상체를 옆으로 이동시켜 상대의 펀치를 피하는 고도의 방어 기술인 슬리핑slipping을 펼쳐야 했다.

'제법이군.'

담용같이 불가항력적인 힘을 가진 사람의 칭찬을 받는다는 것은 좀처럼 드문 일임을 볼 때 갱도의 실력이 만만치 않다는 뜻이다.

'권투 선수 출신이었나?'

내심의 생각을 읽기라도 한 것처럼 갱도는 두 차례나 헛방을 쳤음에도 개의치 않고 연타로 이어지는 오른 주먹을 결정타로 여겼는지 온몸을 함께 내던져 왔다.

가히 한 방에 보내려는 스윙성의 슬러그 펀치slog punch다.

부웅!

뒤를 생각지 않는 강스매싱은 담용의 귀로도 파르르 요동치는 공기 소리가 선명히 들려올 정도였으니 가공할 주먹이 아닐 수 없었다.

하나, 이번엔 피하지 않고 손을 뻗었다.

턱!

놀랍게도 강력한 파워가 실린 주먹이 담용의 관자놀이에 채 닿기도 전에 그만 손목이 잡혀 버렸다.

"……!"

별안간 미증유의 힘에 의해 갇혀 버린 듯한 주먹의 감촉.

갱도의 눈이 있는 대로 커지면서 찢어질 듯 파르르 떨었다.

강력한 파워에 가공할 속도.

가히 샌드백을 허공으로 날려 철컹거리게 할 수 있는 강펀치.

그리고 여태껏 이 주먹에 나가떨어지지 않은 사람이 없을 정도로 강력하다고 여겼던 자부심.

그 모든 것이 신기루처럼 산산이 흩어져 버리는 기분은 찰나에 이루어졌다.

쌓아 온 명성과 자부심.

그것도 간난고초 끝에야 맛본 영광과 자부심이었다.

하지만 그것들이 무너지는 것은 단 한순간이었다.

더구나 바로 코앞에서 강펀치를 미동도 없이 붙잡고는 빙그레 웃고 있는 상대를 마주 보고 있는 기분은 또 어떤가?

절대 달가울 리가 없는 상대였고, 그 웃음조차 썩은 미소가 입술에 걸려 달랑거리는 모습으로 보였다.

갱도의 자존심이 꿈틀했다.

'이익!'

반발심에 팔에 힘을 주어 빼내 보려 했지만 자신의 주먹을 틀에 넣고 쇳물을 부어 놓은 것처럼 꿈쩍도 하지 않는다. 이건 마치 철옹성 같은 철벽을 대하는 느낌이었다.

뭐, 순수한 악력만으로 단단한 차돌도 부숴 버리는 담용임을 알 리 없는 갱도였으니……

"이봐, 이쯤하지."

"……?"

갑자기 정색을 하고 나오는 말투에 도리어 어리둥절해진 갱도다. 마치 조금 모자란 놈이 아니었냐는 눈초리다.

그러나 순간, 담용의 눈빛을 본 갱도가 마치 천적인 뱀을 본 개구리처럼 몸이 굳어 버렸다.

강력한 눈빛, 영혼을 저며 낼 만큼 시퍼런 살기. 전신에서 뿜어지는 카리스마.

'으으으……'

숨이 턱턱 막히고 뇌리가 하얀 백지로 변하면서 심장이 '쿵' 하고 떨어졌다.

자연 오금이 저도 모르게 저려지고 방광은 물총처럼 찔끔찔끔 오줌을 쏘아 댔다.

상대의 눈빛 한 번에 지레 기절할 정도로 전신이 물먹은 솜처럼 늘어지는 기분이다.

굳이 뱀을 앞에 둔 개구리의 심정이 이랬을까 하는 마음이 들지 않는 것은 지금 자신이 온몸으로 경험하고 있는 입장이어서다.

이건 깡다구로 버틸 수준이 아니었다.

힘도 안 되고 깡다구도 통하지 않는 상대.

그가 입을 벌리고 있다.

"깡패라는 직업은……."

그 한마디에 갱도의 까무룩해져 가던 의식이 퍼뜩 깨어났다. 상대의 입에서 흘러나오는 말투가 요상하게도 갱도로 하여금 외출 나간 이성을 돌아오게 했다.

"깡패라는 직업은 말이야. 언젠가 네게 생기게 될 자식에게 떳떳한 아빠가 될 수 없게 만드는 직업이야. 그리고 그런 버석거리는 양심으로 아내나 아이에게 네가 해 줄 수 있는 게 과연 있기나 할까?"

"……!"

바인더북

갱도는 생각지도 않았던 '아내'와 '아이'란 말이 갑자기 화인처럼 뇌리에 틀어박히는 기분에 정신이 일시 몽롱해졌다.

마치 그런 생활이 곧 다가올 것처럼 느껴지는 분위기에 젖어드는 것만 같았다.

이는 담용이 사이코키니시스psychokinesis 중 스피리추얼 커뮤니언(spiritual communion : 영적 교감)을 의념화시켜 갱도의 사념에 주입했기 때문이었다.

일종의 주삿바늘을 꽂고 하는 주입인데, 아직은 이렇듯 상대가 코앞에 있어야만 시전이 가능한 염력이었다.

이 역시 시간을 조금이라도 지체하게 되면 시전 대상자가 백치가 될 수 있기에 히프노시스(hypnosis : 최면)부터 전개해 자신의 염동역장 내로 끌어들여서 실행해야 한다.

지금은 손목까지 잡고 있는 상태니 여반장이다.

그렇더라도 시간이 길어지면 곤란한 탓에 담용은 얼른 초능력을 거두었다.

그러나 아직 할 말이 남아 있어 살기를 담은 눈초리는 거두지 않았다.

"잠시 스쳐 가는 인연에 마음을 다할 정도로 진실한 인간을 찾기가 쉽지 않은 요즘이긴 하다만…… 네 녀석이 진심을 다해 나를 따른다면 네 장래는 내가 보장하도록 하지."

"……?"

"그리고 말이다. 저 사업장은 내가 성 사장과 동업하는 곳이 맞다."

그렇게 말하면서 갱도의 손목을 놔주는 담용이다.

그와 동시에 살벌한 눈초리도 거뒀다.

'으으……'

갱도는 그제야 뱀의 속박에서 벗어난 개구리처럼 한숨을 돌릴 수 있었다.

장시간 피가 돌지 않아선지 손가락자국이 선명한 가운데 손목 아래가 모두 꺼멓게 죽은 빛깔이다.

언제 잘려도 이상하지 않을 만큼의 지독한 압박의 표징에 압도된 갱도의 말이 떨려 나왔다.

"저…… 사업장. 저, 정말 동업하는 거……요?"

자신도 모르게 말을 높이는 것은 상대에게서 거대한 힘을 느낀 데서 기인했다.

투르르르.

행동이 아니다. 그냥 속으로 머리를 세차게 흔들어 불안감을 떨치려 애쓸 뿐이다.

'씨파, 이건 절대로 힘에 굴복해서 물어본 말이 아니라고.'

내심 자존심을 챙겨 보지만 상대는 더 이상 엉겨 붙고 말고 할 위인이 아니었다.

하지만 뒤에서 쳐다보고 있는 부하들의 눈이 갱도의 등을 떠밀고 있는 판국에 더 이상 어쩌란 말이냐?

다 필요 없었다. 자신은 그저 병천순대파의 부두목으로서

역할을 할 뿐이다.

그렇지 않으면 부하들이 겁쟁이라고 두고두고 씹어 댈 것이 불을 보듯 빤하다.

그러지 않아도 타 지방 사람이라 텃세를 하고 눈꼴시어하는 놈이 없지 않다.

물론 주먹으로 눌러놓긴 했지만 언제 터져도 터질 시한폭탄이다.

고로 당장 맞아죽는다 해도 해야 할 일이었다. 그래서 확인 차원에서 물은 것이다. 온몸이 깡다구로 뭉친 갱도에게 그만한 깜냥은 있었다.

"그래."

"화, 확실하요?"

"그렇다니까. 5백억 투자했지."

'헉! 오, 오백억! 이게 어느 나라 숫자냐?'

가히 가늠할 수 없는 금액에 갱도는 그답지 않게 눈을 휘둥그렇게 뜨고는 담용을 쳐다보았다.

이건 뭐, 낮도깨비도 아니고 그런 거액을 애들이 사탕 사먹는 돈으로 치부하는 투로 말하다니!

다시 한 번 공갈치지 말라고 말하고 싶은데 그렇게 말했다간 이번엔 정말 맞아 죽을 것 같아 입도 벙긋 못 했다.

"근데……."

'헛!'

이제는 담용이 입만 벙긋해도 놀라는 갱도다. 미증유의 힘에다 금력까지 보태진 결과였다.

　'짜식, 놀라기는.'

　"네가 두목이냐?"

　"아, 아니요. 두목은 저기……."

　갱도가 순순히 컨테이너를 가리키는 것은 더 이상 대항해봐야 단 한 방에 골로 갈 것 같은 예감이 들어서였다.

　"가자."

　"예?"

　"아, 네 두목한테 가자고."

　"그, 그게……."

　"왜 그래?"

　"두목이나 애들한테 손을 대지 않았으면 해서……."

　"풋! 애들이야 무슨 죄가 있냐? 염려 마라."

　두목만 조지겠다는 말로 들은 갱도가 얼른 입을 열었다.

　"저, 저기…… 두목도 벨로 나쁜 사람이……."

　"뭐래? 좀 똑똑히 말해 봐."

　"두목도 수, 순둥이라꼬예."

　'짜슥, 의리도 있네.'

　수하로 두기에 괜찮은 놈이다.

　제 두목을 믿고 호가호위하려는 놈들이 대부분인데 이놈은 조금 달랐다.

바인더북

"순둥이라고?"

"예, 그것도 엄청 순둥이다 아인교."

"니들 어디서 왔어?"

불곰의 보고로 알고 있었지만 직접 듣기 위해 물었다.

"아우내장터요."

"병천순대로 유명한 곳 말이냐?"

"옛! 저희가 병천순대팝니다."

"참나, 작명 센스도…… 너는 말씨가 다른데?"

"아, 지는 마산에서 왔심더. 아부지가 사업 땜에 중핵교 때 병천으로 안 왔심니껴."

"네 위치는?"

"부두목입니더."

"이름이 뭐야?"

"영곤이요. 김영곤."

"별명은?"

"애들이 갱도라고 지어 주따 아이요?"

"갱도? 뭔 뜻이야?"

"저기…… 사실은 경상도 출신이라 원래는 '상' 자를 빼고 경도였는데, 김영삼 전 대통령이 경제를 갱제라고 발음하는 바람에 갱도라고 바뀌심더."

"참나……."

이놈들의 작명 센스는 끝까지 실망시키고 있었다.

"암튼 알았으니 네 두목은 염려 마라. 그냥 벌벌 기게만 만들 테니까."

'헛! 벌벌 기게 만든다꼬?'

그게 죽도록 패지 않고 될 일인지 의문스러워 쳐다보니 심정을 다 안다는 듯 어깨를 툭툭 친다.

"짜식, 패지 않고 다루는 방법이 있으니까 염려하지 않아도 돼."

그렇다고 아까운 심력을 써 가면서까지 염력을 사용할 생각도 아니었다.

"앞장서라."

"옛!"

자신의 입으로 내뱉은 말이니 지킬 것이라 여겼는지 조금 안심이 된 갱도가 잰걸음으로 걸어가더니 수하들에게 말했다.

"땅크 행님, 밖으로 좀 나오시라 캐라."

"어? 절마 저거는 와 델고 왔데유?"

"똘배, 니 걍 시키는 대로 안 할끼가?"

"아, 알았시유."

"어이! 그만둬!"

똘배가 출입문으로 향하려고 할 때 담용의 음성이 들려왔다.

"잉? 뭐, 뭐시여?"

그 한마디에 똘배의 화가 머리 꼭대기까지 치고 올랐다. '여' 자가 끝났을 때는 어느새 똘배가 담용의 코앞으로 다가서 있었다. 담용이 갱도의 뒤에 바짝 따라와 있었기에 두 사람이 마주치는 건 금세였다.

어찌 된 일인지 영문은 몰랐지만 어차피 갱도의 처사가 맘에 들지 않던 똘배다. 그런데 자진해서 시비를 걸어오니 얼씨구나 하고 담용에게 다가서자마자 다짜고짜 주먹부터 휘둘렀다. 갱도가 말리기 전에 결정을 내 버릴 심산인 것이다.

"이놈은 위계질서도 모르는 녀석이군."

피하고 자시고 할 것도 없이 똘배가 휘두르는 주먹에다 대고 자신의 주먹을 슬쩍 갖다 대는 담용이다.

뻐걱!

마른바가지 깨지는 것과 비슷한 소리가 나면서 잠시 정적이 흐른다 싶더니 돌연 똘배가 입을 쩍 벌렸다.

"알알알……."

똘배의 입에서 비명도 신음도 아닌 괴상한 소리가 흘러나왔다.

이어서 뭐라고 표현을 못 한 채 주먹 쥔 손을 펼치지도 못하고 그 자리에 꿇어앉으며 손을 잡고는 잔뜩 웅크렸다.

아마도 골절이 아니면 손가락이 부서진 듯했다.

그렇지 않고서야 비명도 지르지 못하고 입만 딱 벌릴까?

누구나 극도의 고통을 느꼈을 때나 취하는 행동이다.

하기야 차크라의 기운을 머금은 주먹과 마주 부딪쳤으니 어련할까?

이에 당황한 사람은 갱도였다.

"저, 저기…… 그러지 않기로 하지 않았능교?"

"인마, 그렇다고 그냥 맞아 주는 건 좀 그렇잖아?"

'씨파, 똘배 저 시키…….'

가만히 있는 사자의 코털을 건드린 격이라 할 말이 없는 갱도의 못마땅한 시선이 온전히 똘배에게로 향했다.

"뭐, 약속은 약속이니……."

그 말을 뱉어 놓고 깡패들 속으로 무인지경인 양 성큼성큼 걸어간 담용이 주먹으로 느닷없이 컨테이너를 가격해 버렸다.

쾅—!

예고도 없는 벼락같은 굉음이 울리면서 컨테이너가 번쩍 들렸을 때, '와장창창' 하고 박살 난 유리창이 한꺼번에 터져 나갔다.

이어서 '쿵' 하고 컨테이너가 내려앉음과 동시에 '떠어어어엉' 하고 마치 해인사의 범종이 울리는 것처럼 하울링이 긴 여운을 남기며 멀리 퍼져 나갔다.

"앗!"

"으윽!"

갑작스럽게 다가온 고막의 충격에 화들짝 놀란 사내들이

뒤늦게 귀를 틀어막느라 난리 법석이다.

한데 제대로 된 비명은 컨테이너 안에서 들려왔다.

"으아아아─!"

떨꺽!

컨테이너의 문이 열리고 짧고 굵은 체격의 탱크가 구르듯 튀어나왔다.

"으아아아─! 언 노무 시키여!"

양쪽 귀를 틀어막은 채 더듬이 없는 개미처럼 뻘뻘 기면서도 고함을 질러 대는 탱크다.

'하! 글마 그거 등빨 하나는 쥑이네.'

엄청난 체구도 체구였지만 바윗덩이 같은 어깨근육이 압권이다.

'헐! 불곰하고 붙으면 재미있겠는걸. 아! 필승이도 있지.'

필승이는 영암에서 인연이 된 불닭발이다.

성은 독고이고 별명이 삼신인 아이였다. 이놈도 한창 강인한의 패거리와 같이 '열공' 중이다.

아마 셋 중 하나는 병신이 돼야 끝날 것이다. 그래서 붙이지도 못한다.

'거참…… 되게 팔딱거리네.'

거대한 덩치가 꼭 더듬이 뽑힌 개미처럼 버벅대고 있으니 보기가 좀 그랬다.

뭐, 이해 못 할 바가 아닌 것이 갑작스러운 충격에 귀에 공명 현상이 생긴 결과다.

즉, 돌발성 난청에다 세반고리관의 기능이 일시 상실된 결과인 것이다.

"어이, 갱도야, 이건 폭력이 아니다."

그렇게 말한 담용이 '퍽' 하고 탱크에게 발길질을 했다.

"컥!"

어디를 맞았는지 발길질 한 방에 거구가 들썩하더니 뻘뻘거리던 행동을 멈췄다.

발길질 한 방이 발광의 명약이 된 셈이다.

그러는 사이 하나둘씩 정신을 차린 사내들이 이번에는 형편없이 찌그러진 컨테이너의 상태를 보고는 경악했다.

"저, 저거 봤냐?"

"아씪, 아까부텀 보고 있는데…… 나 시방 너무 놀라서 오줌 지렸다."

"씨파, 나두 찔끔찔끔 나오고 있는 중이여."

"쩌거…… 사람이 한 게 맞는 거여?"

"방금 봤잖여?"

"아씨, 우리 인자 엿 됐다."

"제길, 그려. 인자 줄초상 나게 생겼구먼."

중구난방으로 떠드는 사내들은 그야말로 패닉 상태나 다름없는 모습이었다.

그도 그럴 것이 담용의 주먹에 모서리 기둥까지 우그러지면서 쇳덩이 벽체가 푹 꺼져 버린 게 컨테이너의 현재 상태였으니 오죽할까?

그야말로 인간이 한 짓이라고는 도저히 믿을 수가 없는 기막힌 비주얼 퍼포먼스다.

하지만 눈을 버젓이 뜨고 있는 상황에서 벌어진 일이라 믿지 않을 수도 없다.

뭐, 전설에나 나올 법한 기물이나 아티팩트라도 사용했다면 모를까 딱 보기에도 맨숭맨숭한 맨손이다.

기가 차고 코가 막힐 노릇인 가운데 팔자 좋게도 이제야 정신을 차리는 탱크다.

마침 비도 '쏴' 하고 내리기 시작했다.

"으으……."

"땅끄 행님, 괜찮심니꺼?"

"으…… 갱도야, 시방 이게 대체 워쩌케 된 일이여?"

"퍼뜩 정신 차리소마. 지금 우리 엿 됐다 아입니꺼."

"뭐시여? 엿 됐다고?"

"행님, 정신 차리고 쩌기 함 보소."

컨테이너를 가리키는 갱도의 재촉에 겨우 정신을 수습한 탱크가 시선을 들었다.

순간, 시야에 확 들어오는 컨테이너의 상태가 탱크로 하여금 몇 번이고 눈을 비비게 했다.

"헉! 저, 저게 뭐여? 시방 운석이라도 날아온 거여 뭐여?"

"운석이 아이고요. 사람 주먹이 저렇게 맹글었다 안 카요?"

"뭐라? 누, 누가?"

"쩌기……."

갱도의 말에 정신이 번쩍 든 탱크가 손가락을 따라 고개를 확 돌렸다.

"……?"

컨테이너 출입문 너머에 자신이 아끼는 7번 아이언을 지팡이 삼아 짚고 있는 사내가 눈에 잡혔다.

'염병…….'

못마땅했다.

주인들은 전부 밖에서 비를 쫄쫄 맞고 있고 청하지 않은 객 혼자 아지트를 장악하고 있는 꼴이 아닌가?

전쟁 같으면 고지를 점령당한 셈이라 할 말이 없다.

그런데 자신의 절반도 안 되는 체구의 사내라 의심이 줄줄이 사탕으로 곤두섰다.

'철판을 우그러뜨렸다고? 믿을 말을 해야 믿지.'

자연 불신의 눈초리가 담용과 움푹 들어간 벽체를 번갈아 훑었다.

결론은 턱도 없는 소리라는 것이다.

이를 눈치챈 담용이 실소를 자아내며 입을 열었다.

"푸훗, 왜? 안 믿기냐? 한 번 더 보여 주랴?"

"누, 누구여?"

"묻지 마라. 더 말하기도 입 아프니까 그냥 보고 느껴라."

진정한 강자의 액세서리쯤 되는 여유를 부리며 담용이 짚고 있던 아이언을 들었다.

"갱도!"

"예, 옛!"

'잉? 뭐, 뭐시여? 지금 이 상황은?'

사내의 호칭에 갱도가 기합이 든 대답을 하자, 눈이 퉁방울처럼 튀어나오는 탱크다.

탱크가 컨테이너 안에 느긋하게 쉬고 있을 때 벌어진 일을 알 턱이 없으니 당연한 반응이었다.

"이거 단단하지?"

"그야……."

물어보나 마나다.

생긴 것 답지 않게 골프가 취미인 탱크다. 그래서 골프 클럽도 병천 시내의 돈을 긁고 긁어서 명품으로 마련한 터였다. 다시 말해 아이언 하나만 해도 상당한 가격이었다.

그럴 것이 헤드는 티타늄이고 샤프트는 주조가 아닌 단조로 만들어진 것이다. 한마디로 단단하기 이를 데 없다.

"잘 봐라."

담용의 입에서 말이 떨어지자마자 연거푸 '툭', '툭', '툭' 하는 소리가 들리더니 아이언의 샤프트가 엿가락처럼 마디마디 끊어졌다.

그래 놓고는 하는 말.

"자루가 없어졌으니 이젠 이 헤드도 필요 없겠네."

투툭.

마치 빵조각이 잘리듯 맥없이 부러지는 티타늄 헤드다.

'커헉!'

무언으로 시도한 담용의 시위에 가장 놀란 사람은 다른 누구도 아닌 탱크였다.

그야말로 대경실색한 탱크는 이미 심장병이 날 정도로 '쿵' 하고 내려앉은 상태였다.

안색도 납빛으로 변했다.

그럴 것이 7번 아이언의 재질에 대해 누구보다도 잘 아는 탱크다. 그 단단함은 절대 사람이 맨손으로 우그러뜨리거나 부러뜨릴 수 없는 수준이다.

자타가 인정하는 장사인 자신도 엄두가 나지 않는 퍼포먼스다.

또 한 번의 무지막지한 비주얼 퍼포먼스에 간이 쫄깃해진 탱크가 머리카락 잘린 삼손처럼 풀죽은 눈으로 갱도를 쳐다보았다.

'씨불, 행님도 쫄아 뻿네.'

이것으로 결론은 나 버렸다. 길게 끌 것도 없이 병천순대파가 청운의 꿈을 접고 다시 고향으로 내려가는 것으로.

바인더북

어쨌거나 강자의 여유란 강력한 파워만큼이나 턱짓이나 반말에서도 드러나는 법.

탱크에게 하는 담용의 말투가 딱 그랬다.

"어이, 네 이름이 뭐냐?"

"나, 나 말인가?"

"어? 말이 짧네."

순간, 담용의 오른발이 바닥에 떨어진 아이언 조각 두개를 번개 같은 속도로 쳐 냈다.

퍽! 퍽!

슉! 슈우욱! 파팟! 팟!

"허억!"

파공성과 동시에 무릎 어름에 정확하게 박힌 아이언 조각에 기겁을 한 탱크가 헛바람을 불어 내며 엉덩방아를 찧었다.

덩달아 옆에 있던 갱도도 절묘한 기술에 그만 사색이 되어 버렸다.

하마터면 무릎이 깨지고 허벅지가 꿰뚫릴 뻔하지 않았나?

그것으로 두 사람은 부하들 앞에서 그나마 지니고 있던 얄팍한 자존심이 무너졌다.

그러나 여기서 기세를 죽일 담용이 아니었다.

"말이 짧다는 건 어디 한 군데 부러지고 싶다는 거지?"

담용의 발이 슬쩍 문밖으로 나왔다.

이에 사색이 된 탱크가 뻘뻘 기더니 털퍼덕 소리가 나도록 무릎을 꿇었다.

"그, 그…… 저, 절대 아니구먼유. 지, 지는 태, 탱크, 아, 아니 최덕팔이구먼유."

"짜식이…… 진즉에 고분고분하게 나올 것이지."

쏴아! 쏴아아-!

빗줄기가 굵어지면서 시간이 갈수록 소나기성 호우로 변하고 있었다.

컨테이너 안에 있는 담용만 제외하고 탱크를 비롯한 사내들은 이미 물에 빠진 생쥐처럼 후줄근해져 버렸다.

"어쩔래?"

"예?"

"저기 아파트 건설 현장 말이다."

"……?"

"내가 성 사장하고 동업하는 사업첸데…… 어떻게 생각해?"

"아! 지, 진짜 모, 몰랐구먼유."

'푸욱' 하고 탱크의 고개가 깊이 숙여졌다. 탱크의 야망도 함께 무너지는 순간이기도 했다.

'에그…… 이놈들은 또 어쩌노?'

갑자기 탱크와 그 부하들이 불쌍해지는 담용이다.

'젠장, 징그러운 놈들. 저 녀석들도 비를 쫄딱 맞고 있네.'

진즉부터 지켜보는 눈이 있음을 알고 있던 담용의 시선이
수목군 쪽으로 향했다.

보나 마나 이삭을 주우러 온 불곰파 패거리일 것이다.

"야, 불곰, 이리 안 나와!"

"……."

'이런 썩을 자식.'

갑자기 불러대니 긴가민가할 것이라 여긴 담용이 버럭 고
함을 질렀다.

"불곰, 빨리 튀어나오지 않으면 전부 불구로 만들 줄 알
아! 여기까지 선착순!"

"윽! 가, 갑니다! 가요!"

"아쒸. 선착순이란다!"

"달려! 늦으면 병신 된다!"

우루루루…… 와다다다…….

전정희 여사에게 이런 면이?

2000년 8월 27일 일요일, 합정동 정인의 집.

아직도 더위가 기승을 부리는 점심나절이다.

담용과 정인의 식구가 한창 담소를 나누며 점심 식사를 하고 있는 중이었다.

조금은 게걸스럽게 식사를 하던 담용의 손이 가장 많이 드나드는 곳이 바로 불판에 지글지글 익고 있는 고기였다. 그것도 등심보다는 꽃살에 완전히 꽂힌 표정으로 불판에 고기가 오르자마자 젓가락질이 바빠지고 있었다. 모두 오늘의 주메뉴가 바로 한우 등심과 꽃살인 탓이었다.

이를 지그시 바라보고 있던 전정희가 등심보다는 꽃살만을 골라 다시 불판에 올려놓으며 말했다.

"호호홋, 잘 먹네. 많이 들게나."

"예, 염치를 떼어 놓고 열심히 먹는 중입니다, 하하핫."

"원래 고기를 좋아하나?"

"하핫, 고기 싫어하는 사람은 별로 없지요. 그동안 형편이 안 돼서 못 먹었을 뿐이지 좋아하는 편입니다. 근데 이게 무슨 부위이기에 이렇게 부드럽고 쫄깃합니까?"

"호홋, 빨리도 물어보네. 그거 꽃살이라고 한다네."

"꽃살요?"

"그러네. 한우 한 마리에서 갈비 세 대에 불과할 정도로 양이 많지 않은 것으로, 가장 맛있는 부위 중 하나라네. 이걸 한번 보게나."

"⋯⋯?"

전정희가 꽃살을 들어 보이는 것을 눈으로 보면서도 담용은 무슨 뜻인지 몰라 의아해하는 표정을 자아냈다.

"보고 느껴지는 게 없는가?"

"글쎄요."

선홍색으로 잘 숙성된 것 같긴 하지만 그 이상 특별한 무엇을 느낄 만한 게 없어 담용은 고개를 갸웃했다.

"후훗, 고기에 꽃이 피어 있는 것 같지 않은가?"

"아아, 그렇게 말씀하시니 그런 것도 같네요."

가느다란 줄기의 마블링이 혈관처럼 촘촘하게 얽혀 있는 고깃살이었지만 보기에 따라 활짝 핀 꽃 같기도 했다.

바인더북

꽃이 폈다는 선홍색 꽃살.

부드러운 고기가 입안에서 녹는다고 하면 과장이겠지만 전정희의 말대로 정말 맛이 괜찮았다.

"내가 다니는 단골집 정육점에서 직접 경매를 통해 가져온 고기를 손질해 열흘 정도 숙성시켰다가 판매하는 걸 사 온 거라네."

"어쩐지 육질이 특별하다고 느꼈어요."

"꽃살이라고 해서 다 육질이 좋으란 법이 없는데, 그 정육 점은 숙성실이 따로 있어서 특히 야들야들한 식감을 준다네. 야들야들한 고기 맛을 보려면 숙성 기간을 반드시 거쳐야 하지. 여기 등심도 좀 들게나. 그 역시 숙성이 잘돼서 먹을 만 할 걸세."

"예."

전정희의 말에 두툼한 등심도 한 점 먹어 보니 흠잡을 데 가 없다.

"아, 맛있네요."

그러고는 야채 하나를 집어 든 담용이 물었다.

"근데 이 야채는 처음 보는 것 같은데, 이름이 뭐죠?"

담용이 전정희에게 물었지만 대답은 정인이 했다.

"그건 방풍나물이라고 해요."

"방풍요?"

"네."

"이게 어디에 좋은 건데요?"

"호홋, 이름에서 느껴지는 것 없어요?"

"이름이라면…….'

담용은 문득 '방풍'이란 단어에서 떠오르는 게 있어 대답했다.

"혹시 중풍 같은데 좋은 겁니까?"

"호호홋, 맞아요. 이름처럼 풍을 예방하는 데 탁월한 효능이 있어요. 그밖에 오장을 좋게 하고 맥풍을 몰아내며 어지럼증과 통풍 그리고 온몸의 뼈마디가 아프고 저린 것에 도움을 많이 줘요."

"……!"

마치 외우고 있었다는 듯이 줄줄이 꿰고 나오는 정인을 본 담용이 의외라는 듯 놀란 눈으로 빤히 쳐다보았다.

뜻밖에도 여태껏 보지도 느끼지도 못했던 완전히 새로운 모습이 아닌가?

"왜, 왜요? 제 얼굴에 뭐가 묻었어요?"

슬쩍 얼굴을 붉힌 정인이 얼른 거울부터 찾았다.

"안 묻었어요."

"근데 왜……?"

"아, 미리 외우고 있었던 것처럼 막힘없이 말하니까 놀라서 그렇지요."

"전 또…… 모두 엄마한테서 배운 거예요."

"장모님요?"

"네, 식탁에 있는 모든 야채가 엄마가 직접 기르신 거라면 믿겠어요?"

"에?"

정인의 말에 휘둥그레진 담용의 눈이 전정희에게로 향했다. 마치 '정말이냐'고 묻는 듯한 눈빛이다.

"뒤뜰에 조그만 텃밭이 있다네."

"터, 텃밭요?"

"호호홋, 그러고 보니 자네가 낮에 우리 집을 방문한 건 처음이네."

"아, 그게……. 지금 생각해 보니 그러네요."

하기야 자주 방문하지도 못했다. 기껏해야 서너 번 정도?

그것도 저녁이 아니면 한밤중이었으니 정인의 집을 둘러본다거나 할 여가가 없었다.

그러고 보니 제법 큰 대소쿠리 안에 갖가지 야채들이 많이도 담겨 있었다.

꽃살을 먹느라 건성으로 봤는데 새삼 살피니 오히려 야채에 더 신경을 썼다는 점이 도드라졌다.

'헐! 이거 보통 정성이 아닌데…….'

깔끔한 것이, 종류별로 일일이 다듬는 것조차 손이 많이 갔을 야채들이었다.

이건 텃밭을 가꾸는 수준으로는 어림도 없는 솜씨다.

'특별히 주문을 했나?'

담용의 생각에는 전정희가 전업주부이긴 하지만 늘 드레스 차림이라 그녀가 직접 다듬었으리라고는 여겨지지 않았다. 그 이유는 누구라도 전정희를 본다면 첫인상에서 손에 물을 묻히기를 꺼리는 타입으로 생각할 것이기 때문이다.

야채를 다듬어 놓은 모양 하나하나가 전문가의 손길이 닿은 것처럼 어딘가 모르게 세련되어 있다는 점이 그런 생각을 더 부채질했다.

생각해 보니 오늘의 주 메인 요리가 꽃살과 등심이라지만 이를 더 빛나게 한 건 잘 정돈된 갖가지 야채였음을 비로소 알게 된 담용이었다.

그마저도 담용이 처음 보는 야채투성이다.

'젠장, 눈이 삐었지.'

고기만 먹느라 야채에는 신경도 쓰지 않는 자신을 보고 전정희가 섭섭해했을 것을 생각하니 얼굴이 뜨뜻해졌다.

고기야 정육점에서 사 오면 그만이지만 야채를 하나하나 다듬으려면 여간 손이 가지 않는다. 그 정성을 생각하니 새삼 먹먹해지는 가슴이다. 아울러 장모의 사위 사랑이 이런 것인가도 싶었다.

'거참, 선물까지 안 사 왔더라면 더 섭섭해하셨겠네.'

그것으로 조금은 '땜방'을 한 셈이지만 그래도 아직 늦지 않았다는 생각에 정인에게 물었다.

"정인 씨, 여기 올라와 있는 야채 이름들을 다 아세요?"

"호홋, 그럼요. 알려 드릴까요?"

"예. 먹더라도 좀 알고 먹어야 할 것 같아요."

"옳은 말이에요. 흔히 알고 있을 만한 건 빼고 말씀드릴게요. 이건 치커리고 요건 케일 중에서 '곱슬케일'이라는 거예요. 이건 콜라드고 요거는 에스카롤, 청경채, 쇠비름, 수영, 아루굴라, 콘샐러드 세발나물이에요. 이 외에는 다 아는 걸 거예요."

뭐, 상추, 쑥갓, 깻잎 등이야 모를 리가 있겠는가?

"헐! 이걸 전부 직접 재배했다고요?"

"네, 엄마가 지니고 있는 재주 중 일부죠."

"어? 다른 재주도 있어요?"

"에휴, 담용 씨는 이따가 우리 뒤뜰에 좀 가 보셔야겠어요."

"아, 물론 가 볼 겁니다만, 그 전에 다른 재주가 뭔지 듣고 싶어서요."

"호홋, 뒤뜰에 가면 다 있는데…… 엄마는요. 장독도 무지하게 사랑하세요."

"장독을 사랑한다니요? 그 큰 걸 모으는 취미가 있다는 겁니까?"

"어머! 호호홋, 그게 아니고요."

이번에는 답답했는지 인호가 나섰다.

"에이, 매형, 항아리를 모으는 게 아니고요. 고추장이나 된장 같은 걸 잘 담근다는 말이라고요."

"으아! 장모님, 저, 정말입니까?"

"뭐, 그냥 취미 삼아 조금씩 담아 보는 걸 가지고…… 자랑할 만한 건 못 되네."

"그래도 대단하세요. 근데 전 왜 그 맛을 못 봤지요?"

"이 사람아, 자네가 올 때마다 참치회를 사 오는 통에 그걸로 식사를 대신하느라 어디 내 장맛을 보여 줄 틈이라도 있었는가?"

"어? 그, 그랬나요?"

그러고 보니 또한 그랬다.

정인의 가족들이 참치를 광적으로 좋아해서 방문할 때마다 사 왔던 탓에 정작 전정희의 솜씨가 들어간 식사는 단 한 번도 못 했었다는 것이 이제야 생각났다.

"이거…… 좀 억울한데요?"

"호호홋, 자네도 참. 그나저나 장류를 좋아하는가?"

"예, 무지 좋아합니다! 사실 제가 김치하고 된장이 없으면 밥을 먹은 것 같지 않아서 하루 종일 배가 고픈 느낌이 들거든요."

"그 정도야?"

"그럼요. 그러니 다음부턴 제가 참치를 사 오더라도 제게만은 장모님 밥을 먹게 해 주시면 안 될까요?"

"호호홋, 그게 뭐 어렵다고. 알았네. 시래기된장국 좋아하나?"

"아우우우! 특히 시래기된장국이면 사족을 못 쓰는 접니다. 아! 정인 씨, 어째 배가 부른데도 입에 침이 고이죠?"

"호호홋, 담용 씨도 참."

입을 가리고 웃던 정인이 말을 이었다.

"담용 씨는 좋겠어요."

"아, 제가 장모님의 된장을 맛보게 돼서요?"

"그것도 있지만 우리 집에 장이란 장은 다 있어서 그래요."

"예? 그건 또 무슨 말입니까?"

"케헴! 매형, 그건 제가 말씀드리지요."

"어? 그, 그래."

"에또…… 그게 무슨 말이냐면요. 우리 집에 고추장만 해도…… 아쒸. 누나, 몇 가지지?"

"여덟 가지."

"맞다. 그러니까…… 찹쌀고추장하고 멥쌀고추장, 약고추장, 사과고추장, 엿고추장, 보리고추장, 고구마고추장 그리고…… 아냐, 누나 또 뭐가 있지?"

"밀가루고추장이 빠졌잖아."

"아, 그래. 밀가루고추장 이렇게 여덟 가지나 있다고요."

"어? 그, 그래?"

"히힛, 그럼요."

담용이 전정희의 얼굴을 힐끗 보는 사이 우쭐한 표정으로 어깨를 한번 으쓱한 인호가 계속해서 입을 열었다.

"그뿐이 아니라고요."

"또 뭔데?"

"매형은 김치 종류가 몇 가지나 되는 줄 아세요?"

"김치가 몇 가지냐고?"

"예."

"그, 글쎄다. 대략……."

담용이 마음속으로 대충 계산해 보고는 말했다.

"열 가지 정도 되나?"

"에헤이, 고작 열 가지요?"

"글쎄. 김치에 대해선 먹을 줄만 알았지 잘 몰라서 말이다, 하하핫."

"뭐, 그럴 수도 있지요. 사내대장부가 그런 것쯤 모른다고 해서 흉이 되지는 않으니까요. 아빠 말에 따르면 남자는 그저 돈만 잘 벌어다 마누라에게 가져다주면 할 일을 다 한 거라고 하시니, 매형도 남편이 될 자격이 있는 셈이죠 뭐."

"어머나! 정말 아빠가 그런 말씀을 하셨어?"

"그러엄, 내가 대학교 갈 때 '인호야, 너도 이건 알아야 한다.'라고 하시며 말해 주셨는걸. 그죠, 아빠!"

"크흐흠, 기억에 없다."

"에이 아빠, 또 불리해지려니까 발뺌하시는 거죠?"

"어허! 난 그런 말 한 기억이 없다니까 그러네. 자, 자네 한 잔 더하게."

인호의 눈이 가자미눈으로 변하자 이상원이 얼버무리려 얼른 담용에게 술을 권했다.

"인호야, 하던 말은 계속해야지."

"씨이. 하여튼 아빠 곤란한 문제를 피해 가는 데는 선수라니깐."

"인석아, 그런 것도 능력이 없으면 피하지도 못해. 어여 계속해."

"쳇! 암튼 매형, 우리 집에는 계절별로 담근 김치가 엄청 많아요."

"뭐? 계절별 김치를 담근다고?"

"그럼요. 혹시 섞박통김치라는 걸 아세요?"

"섞박통김치?"

"예."

"야야, 듣는 이 처음이다. 그런 김치도 있냐?"

"히히힛, 그럼 호박김치는요?"

절레절레.

"그것도 못 들어봤다."

"쩝, 저는 그게 젤로 맛있는데. 어쨌거나 그 정도로 모른다면 더 할 말이 없네요. 일일이 말해 주는 것보다 매형이 직접 눈으로 보시는 수밖에 없겠어요. 엄마, 매형한테 우리 집 보물 창고를 좀 보여 주지 그래요?"

"애는…… 그게 왜 우리 집 보물 창고니? 엄마만의 보물 창고지."

"에이, 그게 그거지."

"장모님, 정말 보물 창고가 있어요?"

"호호홋, 보물 창고라고 할 것까지야 없지만 토굴이 있긴 하네."

"예? 토, 토굴요?"

도심지에 웬 토굴이냐는 기색이 역력한 담용이다. 어쨌든 토굴에서 익고 숙성되고 곰삭은 발효식품이라면 그 맛은 불문가지다.

'으흐흐흐……'

얼핏 맛이 간 사람처럼 좋아 죽는 담용이다.

"그렇다네. 우리 집이 앞뜰은 별로 넓지가 않지만 뒤뜰은 꽤 넓은 편이라 텃밭도 있고 토굴도 만들 수 있었다네."

"토굴이면 지하겠네요?"

"아! 우리 집 뒤뜰과 연결되어 있는 외국인 선교사 묘지터가 약간 언덕배기라 오히려 집터보다 높은 토굴을 팔 수 있었네."

"아아, 예."

담용은 그 말에 꼭 구경해 봐야겠다는 생각이 들었다.

"토굴이라면 여름에는 시원하고 겨울에는 따뜻하겠는데요?"

"호홋, 잘 아는구먼. 저 양반이 심심하면 가서 낮잠을 자고 온다네."

"커험험, 자네도 언제 한번 거기서 낮잠을 자 보게. 요즘 같이 더운 날이면 잠이 저절로 솔솔 온다니까."

"하하핫, 알겠습니다. 장모님, 하면 처녀 때부터 그런 취미가 있었던 겁니까?"

"아닐세. 가정주부라면 누구나 그렇듯이 애들 키울 때는 설사 취미가 있더라도 그럴 짬이 없어서 못하지. 하지만 애들을 키워 놓으면 전문 직업을 가지지 못한 주부들은 무료하기 짝이 없다네. 하루하루가 지겨울 정도지. 그래서 소일 삼아 조금씩 하던 것이 세월이 흐르면서 제법 솜씨도 농익어 가고 규모도 커진 게지."

"하핫, 대단하시네요."

"그나저나 자네가 장류를 좋아한다니 기껍구먼. 내 살아 있는 동안은 자네에게 맛을 보여 줄 거구먼."

"아이고! 장모님, 감사합니다."

"김치는 어떤 걸 좋아하는가?"

"사실 일반적으로 먹는 것이야 배추김치지만, 저는 특별히 갓김치하고 고들빼기김치를 정말 좋아합니다."

"호오, 김치의 맛을 제대로 아는구먼."

"혹시 있습니까?"

"담용 씨, 당연히 있죠."

"으아! 갓김치야 구할 수 있다지만 제대로 익은 고들빼기 김치는 먹기 힘들었는데⋯⋯."

"이따가 갈 때 좀 싸 줄 테니 가지고 가게나."

"아이구, 감사합니다, 장모님."

사실 말이야 바른말이지 돈이 있어도 못 먹는 음식이 적지 않다. 특히 전통을 고수하며 제대로 만든 장류와 김치 같은 발효 식품은 전문 장인을 찾아가기 전에는 맛도 보기 힘든 것이니 담용으로서는 때아닌 횡재를 한 셈이었다.

아울러 오늘 전정희의 새로운 면모를 발견한 날이기도 했다.

"담용 씨, 뒤뜰의 항아리에 든 것들이 모두 된장과 고추장 그리고 각종 장아찌들이에요. 고추장이야 아까 인호가 말했지만 된장도 종류가 많아요. 보시면 알 테니 이따가 제가 구경시켜 드릴게요."

"그거 장모님의 허락이 있어야 하잖아요?"

"호호홋, 제가 유일한 후계자라서 허가를 받지 않아도 돼요."

'엉? 후, 후계자?'

정인의 말에 담용의 눈이 '퉁' 하고 밖으로 튀어나올 정도로 커졌다.

완전히 횡재한 기분이다. 아니, 자다가 난데없이 복권에 당첨된 기분이었다.

"후, 후계자라고요?"

"네. 딸이라곤 저밖에 더 있어요?"

'씨이, 그걸 왜 이제야 얘기하냐고?'

진즉에 알았으면 풍성하게 얻어먹었을 것을. 억울했다. 그리고 정인이 야속해 보이기는 또 처음이었다.

"아……하하핫! 장모님!"

"에쿠, 깜짝이야!"

"지금 제 기분이 어떤 줄 아세요?"

"글쎄? 어떤데 그러나?"

"쿨쿨 자다가 갑자기 복권에 당첨되어 벼락부자가 된 기분이란 거 아세요?"

"왜? 정인이가 내 후계자라서?"

"아뇨, 장모님 딸이라서요."

"푸훗! 그 말을 안 했으면 국물도 없었을 텐데…… 이젠 다 퍼 줘야겠구먼."

"으히히힛, 감사합니다, 장모님."

담용은 여기서 편도체를 건드려 우리나라의 장류 문화에 대한 기억의 편린을 끄집어냈다. 이유는 전정희가 좋아할 만한 내용일 것 같았기 때문이다.

뭐, 선물 공세로 점수를 따는 것도 좋지만 전정희와 취미를 같이하는 소재라면 점수를 조금 더 딸 수 있겠다는 얄팍한 계산도 깔려 있었다.

"장모님, 제가 알기로 된장과 고추장 같은 장류가 갯벌에서 기인했다고 하는데 맞아요?"

짝!

"옴마나! 옴마나! 자네가 그걸 어떻게 아는가?"

역시 손뼉까지 치면서 표정이 일시에 환해지는 걸로 보아 담용의 예측이 들어맞은 것 같다.

"그게…… 언젠가 우연히 본 책에서 알았는데요. 한국 음식에 된장, 고추장과 같은 다른 나라에서 볼 수 없는 독특한 장 문화가 발달한 게 우리나라 자연환경과 밀접한 관련이 있다고 쓰여 있더라고요."

"그렇지, 맞아! 세계 4대 갯벌이라는 우리나라 갯벌의 형태를 따서 된장, 고추장이 생겨났다는 건 정말 맞는 말이지. 그 이유가 뭔 줄 아는가?"

알고 있었지만 이쯤에서 발을 빼야 된다.

"아뇨, 저도 거기까지는 잘……."

"호호홋, 간단한 이치라네. 바로 펄과 소금이 섞이면 썩지 않는다는 것에서 힌트를 얻은 거지. 이것이 세계 최고의 웰빙 식품을 만들어 낸 우리나라 여인네들의 영리함이라는 걸세."

"아아, 그거 절묘한데요! 그러니까 펄을 고추장과 된장으로 치고 소금을 섞어 썩지 않게 하면서 발효를 시킨다는 말씀 아닙니까?"

"호호홋, 바로 그런 이치라네."

"이거…… 우리 장모님, 박사 학위를 드려야 하는 것 아닌가요?"

"호호호, 그런 건 되었네. 여기 내 후계자가 노력한다면 언젠가는 받겠지만 말일세.

"하면 정인 씨가 장모님 솜씨를 다 물려받았습니까?"

"아직은 좀 모자란 감이 있네만 거의 물려받았다고 봐야지."

'으흐흐흐…….'

기억의 저편에서 말도 붙이지 못했다가 회귀한 이후 적극 대시한 건 '정숙'이라는 인상에 끌렸기 때문인데, 뜻하지 않게도 그 속에 보물이 숨겨져 있을 줄이야.

정말 음흉한 웃음이 안 나올 수가 없는 모녀였다.

그도 그럴 것이 적어도 인생의 10분의 1은 먹는 즐거움에 있음을 알기 때문이다.

칭찬은 코끼리도, 고래도, 개미도, 호랑이도 춤추게 할 수 있는 묘약이니 아껴서 좋을 게 하나도 없다.

아부? 이때 하지 않으면 언제 할까?

"장모님, 정말 존경스럽습니다."

"이 사람이 낯 뜨겁게……."

"그리고 참으로 참한 따님을 제게 허락해 주셔서 삼생의 영광입니다."

그 말끝에 끝에 새삼스럽게 넙죽 절까지 하는 담용이다.

"호호호……."

담용이 하는 짓이 밉지 않았던지 두 모녀가 쌍으로 웃어 댄다.

"이 사람아, 돈도 못 버는 아낙네가 할 일이 뭐가 있겠나? 음식 솜씨라도 좋아야 서방한테 예쁨을 받을 것 아닌가?"

"하하핫, 옳으신 말씀입니다."

"그 왜 이런 말도 있잖은가?"

"예? 무슨 말……?"

"미인 아내를 얻어 살게 되면 3년이면 식상하고 음식 솜씨가 좋은 아내를 얻으면 30년이 한계고 마음씨가 고운 아내라면 평생을 살아도 모자란다는 말."

"아, 예, 들어 봤습니다. 근데 거기에 한 가지 추가할 게 있는데요?"

"응? 뭔가?"

"아내가 음식 솜씨도 좋고 마음씨마저 곱다면 다시 태어나도 납치해서 데리고 살아야 한다는 말이지요."

"뭐? 호호호홋."

"하하핫."

"그러고 보니 자네…… 엄청 욕심꾸러기로구먼."

"만약 정인 씨를 다른 남자한테 뺏기면 전 아마 세상 살기가 싫어서 자살하고 싶을 겁니다."

"어머, 담용 씨!"

"어? 정인 씨, 거짓말 아닌데요?"

"호호훗, 자네도 넉살이 어지간하구먼그래."

'흐흐훗, 평생 입이 호강할 것에 비하면 아무것도 아니죠.'

"하기야 우리 정인이라면 음식 솜씨 좋지, 마음씨 곱지, 인물도 저 정도면 어디 가서 안 빠지니……. 뭐, 딸 자랑을 한다고 팔불출이라 해도 상관없네. 아무튼 자네 복받은 줄 알게."

"암요. 저도 그렇게 생각하고 있지만 굳이 이런 것들이 아니더라도 집안 어른들이 정인 씨를 너무 예뻐해서 제가 다 질투를 할 정도니까요."

"허이구, 자네가 왜 질투하나?"

"어? 제 색시가 될 여잔데 자꾸 끼고 살려고 하시니까 그렇죠."

"뭐? 호호호……."

"하하하……."

점심식사를 거하게 먹고는 거실의 탁자에 마주 앉은 담용과 이상원이다.

"어제 계약했네."

이상원이 계약서를 내밀었다.

"63억에 하셨군요."

"이미 말했던 그대로일세. 다만 잔금일이 겨울이라 문제가 없지 않네."

"추워서요?"

"일하는데 추운 게 대순가? 단지 건물을 지어도 겨울에는 곤란하고 또 이사를 하더라도 공작기계를 고정시키는 데 애를 먹어서 그런 게지."

"그런 것도 영향을 받습니까?"

"정밀기계는 그래. 시설물을 고정시킨 바닥이 날이 풀리면 틀어질 수도 있어서라네."

"아, 예."

"그나저나 그렇게 많은 돈을 변제하려면 시일이 오래 걸릴 텐데…… 오래지 않아서 자네에게 필요하게 될 돈이라면 심히 곤란하게 되었네."

"아아, 그런 건 신경 안 쓰셔도 됩니다."

"어허, 나도 공짜 돈은 싫으니 자네 이름으로 명의이전을 해 놓게."

"어이구, 어린 제가 그런 돈이 어디서 생겨 공장을 삽니까? 당장 세무서에서 쫓아올 텐데요."

바인더북

"거참, 하면?"

"그럼 이렇게 하시지요."

"어떻게?"

"이사를 하시고 공장을 가동하게 되는 시점부터 얻게 되는 순수익에서 5퍼센트를 떼어 불우한 사람을 돕는 것으로요."

"흠, 순수익의 5퍼센트를 불우이웃에다 투자하는 조건이란 말이지?"

"예. 단, ㈜원희 플랜트가 도산하지 않는 한은 한 달도 빠지면 안 되는 조건입니다."

담용은 아무리 야쿠자들에게서 강탈한 돈이라도 정승같이 쓰고 싶었다.

㈜원희 플랜트가 도산만 하지 않는다면 창업자의 유지는 계속 이어질 것이고, 그렇게 되면 비록 순수익의 5퍼센트라해도 언젠가는 투자액을 상회할 것이다.

"허어. 거…… 자네는 사람을 이상하게 옭아매는구먼."

기실 사정이 허락했다면 진즉에 그런 일을 하고도 남았다.

기계 제작업이란 것이 인건비를 따먹는 사업이라 직원들 월급 주기도 빠듯한 형편이어서 마음만 가지고 있었지 실행하는 것은 먼 나라의 일이었다.

그러나 이제는 공작기계를 들여온 덕에 임가공으로 수익을 극대화할 수 있어 불우이웃돕기도 가능한 일이 됐다.

"하하핫, 가능하면 장인어른 회사로 스카우트할 수 있는 직업학교를 물색해 보는 것도 좋을 같네요."

"흠, 그러면 인력 수급 문제가 해결될 수 있겠군."

"아마 잘 찾아봐야 할 겁니다. 직업학교 중 자격이 미달되는 자들이 운영하는 곳도 간혹 있으니까요."

"그거 나라에서 검증한 후에 지원해 주는 곳 아닌가?"

"저도 잘 모릅니다. 아직은 시간이 있으니 천천히 생각해 보도록 하지요."

"그래야겠군."

그때 정인이 휴대폰을 들고 왔다.

"담용 씨, 외삼촌 전화예요."

정인의 외삼촌이면 13공수여단 여단장이자 담용의 전 직속상관이었던 전호철 준장이다.

"어? 왜 내게 전화를 하시지 않고 정인 씨 휴대폰으로 했죠?"

"전화를 통 안 받는다고 하던데요?"

"어? 그래요?"

담용이 재빨리 벗어 놓은 윗도리를 찾아 뒤져 보았지만 휴대폰이 나오지 않았다.

"어라? 어디 갔지?"

"일단 전화부터 받고 찾아요."

"아, 맞다! 차에 두고 내렸네요."

"그럼 제가 가져올 테니 얼른 받으세요."

"아, 고마워요. 여기 차 키……."

자신의 차 키를 건네주고 정인의 휴대폰을 받은 담용이 입을 열었다.

"여단장님, 육담용입니다! 무적흑표! 필승!"

―필승. 쉬어.

"감사합니다!"

―전화는 어디다 뒀어?

"차, 차 안에…… 죄송합니다."

―나 빼고 꽃살 구워 먹었다며?

"넵! 장모님이 저를 위해서 특별히 준비해 주셔서……."

―젠장. 내게 오던 누님 사랑이 귀관에게로 갔군. 쿵!

"히히힛, 사랑은 움직이는 거니까요."

―씨꺼!

"넵! 시정하겠습니다!"

―그건 그렇고…… 저 깡패들은 또 뭐냐?

"아! 국가와 민족을 위해 일할 수 있는 일꾼으로 만들어주십사 하고 보냈습니다."

―누구 맘대로!

"저기…… 행정관님께서 허락하셔서 보냈는데요?"

―인마, 내가 높아, 행정관이 높아?

"당연히 여단장님이 높죠."

―그런데?

"그게 말입니다. 부내 내에 돈 들어갈 곳이 한두 군데가 아니라면서 언제든지 보내 달라고 하시던데요?"

ㅡ끄응.

"대신에 훈련비가 좀 비쌀 거라고 하셨습니다."

ㅡ내가…… 돈을 밝히는 행정관 땜에 못 산다.

"에이, 그래도 그런 행정관님이 계시니까 덕분에 풍족하게 먹고 또 비가 줄줄 새는 막사를 피할 수 있었다니까요. 만약 여단장님 같았으면 우린 제대하기도 전에 전부……."

ㅡ뭐야? 짜샤, 말을 왜 하다가 말어?

"헤헤헷, 그 정도로 하죠."

ㅡ썩을 놈. 눈에 안 보인다고 군기가 빠져 가지고…….

"저 지금 사회인인데요?"

ㅡ됐고. 딱 5억만 보내라.

"헉! 뭐가 그리 비싸요?"

ㅡ인마, 인간을 개조하는 게 쉬운 줄 알아?

"그래도 58명 갱생값으로는 좀…… 비싸지 않습니까?"

ㅡ싫으면 애들 당장 돌려보내면 되지 뭐. 어이, 행정관!

'으악!'

자기 맘에 틀어지면 당장 시행해 버리는 불같은 성격의 전호철이라 담용은 식겁했다.

"자, 잠깐만요!"

ㅡ뭐야? 비싸다며?

"여단장님도 참, 흥정도 못 합니까?"

-흥! 난 그딴 것 안 키워!

"아, 알았습니다. 알았어요."

-흐흐흐, 진즉 그럴 것이지.

"대신 확실하게 갱생시켜 주는 겁니다."

-믿어라.

"옙! 내일 월요일 오전까지 송금하겠습니다!"

-아아, 일단 3억만 송금하고 2억은 누님께 맡겨 놔라.

"어? 왜, 왜요?"

-인석아, 나도 진급 좀 해야 할 것 아니냐?

"지, 진급요?"

-그래, 별 하나 다는 것도 돈이 없어 우여곡절이 많았던 나다.

"아, 예."

담용은 무슨 말인지 대번에 감이 왔다.

'저 불같은 양반이…….'

참 엿 같은 세상이다. 정상인이 정상적인 삶을 살지 못하고 타락에 무릎을 꿇어야 하다니.

하사관 출신인 담용이 알고 있는 바로는 장성 진급 혹은 승진의 경우 참모총장이 추천한 자를 국방장관이 제청하여 대통령이 임명하게 되어 있었다.

다만, 각 군별로 현역 고위 장성이 위원장인 장군진급심사

위원회나 추천심의위원회 등을 통해 후보자를 선발해 그 선발된 자들을 참모총장이 추천하는 것이 보통이다.

국회의 동의는 필요 없다. 국무회의에서 심의하는 대상은 합참의장과 육해공군 참모총장이다. 다만 원수의 경우는 국회의 동의가 필요하다.

아무튼 진급 과정에서 알게 모르게 은근하고도 미묘한 압박이 있음을 미루어 짐작할 수 있다.

그것이 돈을 해결될지는 몰라도 준비를 해 준다고 해서 나쁠 건 없었다.

물론 청렴한 상급자가 버티고 있다면 기우가 되겠지만 군인이라고 모두 같은 마음은 아닌 것이다.

더구나 전호철 여단장이 허투루 돈을 쓸 사람이 아니라 더 주고 싶은 마음이 드는 담용이긴 했지만 말이다.

-필요 없게 되면 돌려주도록 하마.

'쯧, 필요할 겁니다. 승진하는 데 웬 장애물이 그렇게 많은지……'

담용의 목소리가 착 가라앉았다.

"여단장님."

-왜?

"지시하신 대로 하겠습니다."

-고맙다.

"그리고 존경합니다."

-이런, 썩을 놈. 무슨 망발을…….

"여단장님."

-왜에?

"이 졸따구, 한번 믿어 보십시오. 이상입니다. 완전작전! 필승!"

-어, 피, 필승.

다음 권으로 이어집니다

꿈의 도약, 로크에서 하십시오
(주)로크미디어에서 신인 작가를 모십니다

즐거운 세상, 로크미디어는 꿈을 사랑하고 도전을 두려워하지 않는 작가 분들의 참신한 작품을 기다리고 있습니다. 21세기 장르 문학계를 이끌어 갈 차세대 선두 주자 (주)로크미디어에서 여러분의 나래를 활짝 펴 보시길 바랍니다.

모집 분야 판타지와 무협을 포함한 장르 문학
모집 대상 아마추어 작가, 인터넷 작가
모집 기한 수시 모집

작품 접수 시 유의 사항

1. 파일명은 작가명_작품명.hwp형식을 갖춰 주십시오.
1. 파일에 들어갈 내용은 다음과 같습니다.
    − 성명(필명인 경우 실명을 밝혀 주세요), 연락처, 이메일 주소.
    − 제목, 기획 의도.
    − A4용지 1장 분량의 등장인물 소개.
    − A4용지 2장 분량의 전체 줄거리.
    − 본문.
1. 작품이 인터넷에 연재되고 있다면, 게시판명과 사이트의 구체적이고 정확한 주소를 기재해 주십시오.

선택된 작품은 정식 계약 후 출판물로 간행되어 전국 서점에 유통됩니다.
작가 분은 (주)로크미디어의 전폭적인 지원하에 전속 작가로 활동하시게 됩니다.
※ 자세한 내용은 로크미디어 홈페이지(rokmedia.com)를 참조하세요.

(140 − 133)서울시 용산구 원효로97길 46 진여원빌딩 5층
(주)로크미디어 편집부 신간 기획 담당자 앞
전화 : 02 − 3273 − 5135
www.rokmedia.com   이메일 : rokmedia@empas.com